주부의
휴가

주부의
휴가

다나베
세이코

조찬희 옮김

바다출판사

일러두기

- 이 책은 다나베 세이코의 《主婦の休暇》(분게이슌주, 2013)을 번역한 것이다. 《主婦の休暇》는 다나베 세이코가 1987년부터 1990년까지 주간지 《슈칸분슌(週刊文春)》에 연재했던 글을 바탕으로 꾸린 에세이집이다. 다나베 세이코는 《슈칸분슌》에 1971년부터 1990년까지 20년에 걸쳐 칼럼을 연재했다. 2013년 출판사 분게이슌주에서 '다나베 세이코 에세이 베스트 셀렉션'이라는 이름으로 총 3권의 시리즈를 새롭게 구성했고, 이 책은 그 시리즈의 마지막 권이다.
- 본문의 주석은 내용의 이해를 돕기 위해 모두 옮긴이가 작성했다.

뭐, 앞으로도 그날그날
재밌게 살아 볼까요.

차례

○

혼내는
여자

'마누라에게 수염이 뽑히도록 혼나다'라는 옛 단시가 있다. 그렇다면 아내한테 혼날 때 남자는 어떤 반응을 보일까.

가모카 아저씨는 어떤지 물었다.

"별거 없습니다. 도도이쓰* 스타일로 대처하는 게 제일입니다."

아저씨는 사려 깊게 말했다.

"도도이쓰 스타일이라니, 그게 뭐예요?"

"'훈계를 들을 때는 머리를 숙여라. 훈계가 머리 위로 넘어가지니'라는 말이 있지 않습니까."

---

* 일본 속요의 한 형식으로 남녀 애정에 관한 내용을 주로 다룬다.

"반성을 안 하셨네요."

"반성했으니까 의견을 넘기는 겁니다. 반발하면 의견이 충돌할 테니까요. 뭐 아무리 그래도 마누라한테 혼날 만한 짓을 애초에 하지 않는 게 바람직하겠지요. 더 바람직한 건 혼내는 마누라가 없는 것일 테고, 그보다 더 좋은 건 모든 남자가 마누라 자체를 두지 않는 것이겠지요. 남자는 묵묵히 혼자 사는 게 제일이지 않나 싶어요. 한 말씀 더 드리자면, 남자들 모두 그걸 알지만 툭하면 잔소리하고 야단치는 성가신 마누라 때문에 괴로워하며 못난 인생을 보냅니다. 그런 남자의 삶에서 뭐라 표현할 수 없는 마조히즘적 묘미가 엿보이지 않나, 하는 생각을 요즘 절절히 하고 있습니다."

무슨 소리를 하시는지.

아저씨, 장황하게 늘어놓기만 하더니 결국 원점으로 돌아가 버렸다.

일전에 아는 남자분 집에 놀러갔는데, 건강 이야기가 나왔다. 그 지인이 말하길

"아무튼 우리 마누라는 건강해. 은혼식 치를 때가 다 되도록 오늘날까지 몸져누워 본 적이 한 번도 없어요. 죽여도 죽지 않을 사람이야. 아하하하."

무심결에 따라서 웃고 있는데, 때마침 식사 준비를 하던 부인이 부엌에서 발소리를 내며 나왔다.

"죽여도 안 죽을 사람이라니, 무슨 소리예요! 나도 병 좀 나 봤으면 좋겠어요. 하지만 당신 몸이 너무 약하잖아! 결혼한 이후로 위가 안 좋아 대수술을 세 번이나 했지, 그 사이에 쉴 새 없이 숙취다, 설사다, 간염이다, 치질까지 앓았지. 요즘에는 당뇨에 고혈압까지. 질병 백화점이 따로 없어요. 이 정도면 간호사로 취직한 거나 마찬가지지. 이런 상황에 제가 어떻게 드러누워요? 네? 안 그래요?"

지인은 숙연히 고개를 숙이더니 피를 토하듯 이 한마디를 뱉었다.

"미안하게 됐어요."

"알면 됐어요!"

부인은 다시 발소리를 내며 부엌으로 돌아갔다.

"하하. 하하하."

지인은 멋쩍게 웃으며 황급히 접대를 시작한다.

"최근에 좋은 브랜디를 선물로 받았는데, 뜨거운 물에 타서 마셔 볼까요?"

이럴 때는 나도 빨리 취하고 싶어진다. 서둘러 화제를 바꿔야 한다.

"나카소네 씨와 레이건 대통령이 말이죠……."

이렇게 재빨리 말을 돌린다.

우리 할아버지는 사진사였는데 얼뜨기 짓을 자주 했다. 어느 날은 웬일인지 소변을 바지에 지려서 할머니한테 혼나고 있었는데, 담뱃대를 만지작거리며 빗발치는 여자들의 잔소리를 참다가 다다 미에 담뱃불을 똑 떨어뜨렸다.

"또!!"

여자들한테 불같이 혼이 난 할아버지는 뾰로통해진다. 나는 그럴 때 단호하게 할아버지 편을 들었다.

왜 저렇게까지 말씀하실까. 나는 어린 마음에 남자 편을 들었다. 아내한테 혼나는 남자를 보며 쉽게 남자 편을 들게 된 것은 아무래도 그때 이후였는지도 모른다. 내가 아무리 편을 들어 줘도 혼나는 걸 당연히 여기는 뻔뻔하고 게으른 남자도 있으니 다 부질없는 일이지만.

여자도 이렇게 하면 고칠 거라는 한 가닥 희망 때문에 혼을 내는 거겠지.

완전히 글렀다는 걸 깨달으면 즉각 집을 나와 버리는 것이 요즘 여자다. 혼내려면 품도 들여야 하고 번거로운 데다가 에너지 또한 필요하다.

요즘 오사카 서민이 자주 가는 '아카초칭'이라는 술집에 갔더니, 거나하게 취한 아저씨 두 사람이 흥겹게 술을 마시고 있었다. 두 사람은

"남자는 말이야, 공식적인 자리에 나가서 당당하게 말 한마디

못해선 안 돼."

를 화제로 삼고 있었다.

심지어 이때 아저씨는 '말 한마디'라고 하지 않았다. '연설'이라
는 말을 썼다.

하지만 말씀을 듣다 보니까 '결혼식 피로연에서 하는 연설' '장
례식 끝나기 전 유족 대표로 나와서 하는 연설' '제사 지낼 때 하
는 연설'이라고 하신다. 그래서 그 '말 한 마디'가 '연설'을 의미한
다는 것을 알 수 있었다.

"남자란 말이야. 자네, 똑똑히 들어! 남자란 말이야, 남들 앞에서
근엄하고 똑 부러지게 말 한마디 못하면 안 된다 이거야. 내가 이
래 봬도 말이야……."

그 순간 아카초칭의 문이 드르르 열리고 가게 점원이 "어서오세
요!"를 외친다. 여자 손님이었는데, 술을 마시러 온 건 아닌 듯 가
게 안을 휙 둘러보더니 그 아저씨를 찾아낸다.

"또 이런 데서 노닥거리고 있어! 가게 내팽개치고 지금 뭐 하는
거야, 정말! 이럴 거면 아예 집도 나가 버리지 그래!"

여자는 빨갛게 칠한 입술을 힘차게 움직이며 아저씨를 쏘아붙
인다.

"당신 같은 사람, 이제 난 몰라. 어휴, 정말! 당신 같은 사람, 사
절이야!"

여자는 순식간에 내뱉더니 엄청난 소리를 내며 문을 닫고 나갔다. 그 순간 이제까지의 '흥'은 어디 가고, 아저씨는 풍선 바람 빠지듯 시무룩해졌다. 그 후로 어떠한 '연설'도 없었다.

"흠. 뭔 소릴 지껄이는 거야…… 어이, 데운 술 한 병 더!"

하지만 그 목소리에는 아무래도 기력이 없다.

"저렇게 한 소리 듣고 나서 다시 자리 잡고 앉아 마시는 술이 또 제맛이지."

아저씨는 그렇게 말했지만, 나는 여자가 말한 '사절'이란 단어가 꽤 인상적이었다. 남자를 혼내려면 에너지뿐만 아니라 어휘 선택도 적절해야 한다.

○

노망나다

지금도 왕년의 미모를 유지하고 있는 친구 중 완벽주의자가 있다. 그녀는 화장을 마치면 돋보기를 쓰고 천천히 다시 한 번 거울을 본다고 한다.

"뭐 하러?"

"어휴, 너도 참. 군데군데 화장이 뭉쳤을지도 모르고, 눈썹이 비뚤게 그려졌을지도 모르잖아. 다 떠나서 노안 때문에 선을 섬세하게 그리지 못한다고. 보기 흉할지도 모르잖니. 마스카라가 엉뚱한 곳에 묻어도 알 수가 있나. 그래서 다 하면 돋보기 쓰고 밝은 조명 아래로 가서 거울을 들여다보며 천천히 마무리해야 해."

말해 두자면, 이 여자는 청초한 미녀다. 눈가도 여전히 맑아서 아무리 봐도 돋보기를 쓰고 거울을 잡아먹을 듯 쳐다보는 할머니로는 보이지 않는다. 나는 말했다.

"그렇게 번거로울 바에야 처음부터 안경 쓰고 화장하면 안 되나?"

"안경 자국이 생겨서 안 돼. 무엇보다 아이라인을 어떻게 그리라고."

이렇게 말한 중년의 미인은

"뭔가 귀찮아 한다는 건 늙음에 한 걸음 더 다가갔다는 증거야."

라는 말에 동의했다.

"노파가 순식간에 추레해지는 건 몸치장을 귀찮아 하는 데서 시작되지."

"어차피 보려야 잘 보이지도 않는다며 포기해선 안 돼."

"화장해 봤자 남자들이 거들떠보지도 않는다며 내려놓으면 안 돼. 요즘 남자들은 옛날이랑 다르거든. 취향이 독특하달까. 요즘은 나이에 연연하지 않는 미풍도 생기고 있다고."

이건 또 무슨 소리야. 낙천적인 데도 정도가 있지.

아무튼 나로서는 화장한 다음 돋보기를 쓰고 다시 한 번 확인한다는 데 왠지 모를 저항감이 있다. 커닝하는 기분이랄까. 게다가 내 돋보기는 작업실의 원고지나 사전 위에 얹혀 있지 세면대나 화장대에는 없다.

차라리 더 젊고 눈 좋은 친구에게 봐 달라고 해서 고치는 게 낫지 않을까. 립스틱이 입술 선 밖으로 삐져나왔다든가 화장이 뭉쳤다는 말을 듣고 창피를 당하는 편이 공정하다. 내가 가진 온전한 힘으로 승부를 보겠다는 것이다! 나에게는 이런 '허세'가 있다.

"그건 아니다. 아무도 솔직하게 말 안 해 줄걸."

이 한마디 때문에 대화는 잘못된 화장조차 말해 주지 않는데 '노망'이 나면 더더욱 말을 못하지 않겠느냐로 빠졌다.

"내가 치매인 것 같으면 바로 말해 줘야 해."

세상에는 이렇게 타인에게 의지하려는 사람이 있다. 그런데 이게 정말 의지가 될까?

"당신 치매예요"라고 솔직히 말해 줄 사람이 과연 있을까?

'아무래도 이상한데'라고 생각해도 바로 말해 줄 거라고 보기는 힘들다.

또한 양심적인 사람일수록 치매가 온 사람을 보고 '아냐, 저 정도는 그냥 숙취일지도 몰라. 몸 상태가 안 좋아서 머리가 잠깐 멍해진 게 아닐까'라며 좋은 쪽으로 해석하려고 한다. 그러다가 그 다음에 만났을 때는 '뭔가 걱정거리가 있어서 거기에 마음을 빼앗겼나 봐'라고 생각을 바꾸고, 세 번째 만났을 때도 역시나 이상하다 싶지만 '딱히 내가 말하지 않아도 누군가 말해 주겠지'라며 마음속에 넣어 둔다.

하지만 어쩌다 다른 사람을 만나면 말해 버릴지도 모른다.

"○○ 씨 치매 온 것 같더라."

아니면 반대로 "당신, 치매 온 것 같아"라고 솔직히 말한다면? 그 말을 들은 사람이 노발대발할지도 모른다. 만일 그렇게 되면 일이 복잡해지겠지.

"그럴 리가 없어. 난 아직까지 내가 치매라는 걸 자각해 본 적이 없다고. 미치지도 않은 사람한테 미쳤다니. 당신이야말로 치매 아니야?"

"내가 치매가 아니니까 당신이 치매란 걸 알 수 있는 거 아니야. 내가 치매가 아니란 증거를 대겠어."

"어머나, 미치지도 않은 사람한테 미쳤다고 하다니. 이게 생트집이 아니고 뭐야."

"나도 이런 말 하고 싶지 않아. 하지만 당신이 일전에 '만일 내가 치매에 걸린 것 같으면 말해 달라'고 했잖아. 그래서 말했을 뿐이라고. 말해 줘야 매사에 조심할 수 있겠다 싶어서 호의로 말한 거라고."

"그래, 그 점이 이상하다는 거야. 내가 생판 남한테 '치매 걸리면 말해 달라'고 했다고? 그런 부탁을 내가 왜 하겠어?"

"그래, 그 점이 이상하다는 거야. 본인이 말해 놓고도 잊어버렸 잖아. 그게 치매라는 증거야."

뭐, 말하자면 끝이 없으니 이쯤 하겠지만, 만약 내가 친구한테 '치매에 걸린 것 같으면 말해 달라'고 부탁을 한다면 분명 이런 대화가 오갈 게 눈에 훤하다.

가모카 아저씨는 치매에 걸리면 어떻게 하실 거예요?

"어떻게 할 것 없습니다. 저는 안 걸릴 거니까요."

아저씨는 태연하게 말을 이었다.

"저는 항상 생각을 합니다. 텔레비전 볼 때도 술 마실 때도 생각을 해요."

"무슨 생각을 하세요?"

"이런저런 생각을 계속합니다. 끊임없이 생각을 해야 돼요. 텔레비전만 노상 틀어놓고 술만 마셔서는 안 됩니다. 다나카 전 총리의 구형에만 관심을 두면 안 된다고요.* 그 일과 나 자신을 관련지어서 생각해 보든가 해야죠. 생각하는 걸 쉬면 안 됩니다."

---

* 다나카 가쿠에이 일본 전 총리는 퇴임 후 미국 록히드 사로부터 뇌물을 수수한 혐의 등으로 징역을 선고받았다.

○

굳이
말하자면

'현모양처' 정신 뿌리 깊은 일본

—《아사히신문》

일본 여성의 미美 건재

—《마이니치신문》

둘 다 1983년 4월 4일에 실린 기사로, 이는 총리부가 3일 발표한 '부인 문제에 관한 국제 비교 조사 결과'를 다룬 것이다.

이 결과대로라면 일본 여성은 가정생활을 하면서 '남성에게 대우받고 있다'(66.8%)고 여기면서도, '여성은 결혼하면 자기 자신보다 남편이나 아이 등 가정을 중심으로 생활하는 것이 낫다'(72%)고 생각하며, '남자아이는 남자답게, 여자아이는 여자답게 가르치는 편이 낫다'(62.6%)는 방침을 가지고 있고, 그로 인해 남자아이의 교육은 '대학 이상'(73%), 여자아이는 '단기대학이나 고등학교 졸업'(55%)이 적당하다고 여긴다. '남편은 밖에서 일하고 아내는 가정을 지켜야 하기'(71%) 때문에 '설거지 등은 아내의 역할'(89%)이다. '아이가 생기면 직장을 관두고 아이가 다 크면 다시 직업을 갖는 편이 좋고'(43.5%), 직장에서 부당하게 차별받아도 '아무 조치도 취하지 않고 계속 참는다'(25%). 여자의 이러한 참을성이 가정에서도 발휘되는 것인지, '결혼했어도 상대방이 만족스럽지 않으면 이혼하면 된다'고 생각하는 여자는 고작 26.8퍼센트에 불과했다.

무슨 일이 있어도 이혼하지 않고 참고 또 참는다는 것이다.

말하는 김에 한마디 덧붙이자면, 이 비율은 각국 중 최저치다. 상대방에게 불만이 생기면 이혼하겠다는 항목은 서독의 79.9퍼센트를 필두로 영국이 70퍼센트 대, 스웨덴과 미국이 60퍼센트 대, 필리핀도 40퍼센트 대였다고 한다.

그렇다면 이러한 가정생활을 하고 있는 일본 여성의 만족도는 어떨까? '굳이 말하자면 만족'이 64.6퍼센트로 가장 많았다. '상당히 만족'이 25.3퍼센트였는데, 이 또한 다른 나라들과 반대다. 미국과 영국은 '상당히 만족'이 60퍼센트 대였다.

이와 관련해 총리부는 이렇게 해명했다.(《아사히신문》)

"일본 여성의 만족도가 낮다고 보기는 어렵다. 말하자면 국민성의 차이라고 볼 수 있다."

그럴까.

이것이 일본의 여성상이라면 일본 여자로 태어나지 말 걸.

그렇잖아? 인생이 전혀 즐거워 보이지 않잖아.

고작 이런 인생인데도 '굳이 말하자면 만족'이라면서 참 잘도 살고 있다.

이런 여자가 있는 일본에서 남자로 태어나면 편하기는 하겠다.

'굳이 말하자면 만족'이라고 여길 정도면, 딱히 고생해서 가정을 꾸릴 필요가 없을 것이다. 어쩌면 여자는 '굳이 말하자면'이란 말로 마음을 다잡고 있는 걸 텐데, '굳이 말하자면'이란 말로 덧없는 체념, 이렇다 할 이유 없는 자조를 넌지시 드러내는 것인데, 남자는 여자가 완전히 만족하고 있다고 굳게 믿는다.

(마음속으로는 '상당히 만족'이라고 하고 싶으면서, 우아한 국민성, 일본 여성 고유의 다소곳함 때문에 '굳이 말하자면'이라는 말로 겸손을 떠는 거야! 맞아, 그게 틀림없어!)

남자는 나 홀로 흡족해 한다. 그런 면에서 《마이니치신문》에서 뽑은 '일본 여성의 미 건재'라는 표제는 어쩐지 한시름 놓는 남자들의 기분을 표현한 것 같아서 우습다.

이런 통계를 보면 아무래도 신뢰가 안 가지만, '굳이 말하자면 만족'이라는 대답에서 '휴우' 하는 여자의 처량한 한숨 소리가 들리는 것 같다.

그래서 생각해 봤는데, 텔레비전 광고도 남자가 만들어서 그런지 광고에 나오는 주부들 모두 '상당히 만족'이라는 표정으로 싱글벙글 웃고 있다. 하지만 오히려 그런 표정 때문에 신뢰가 안 가서 상품의 이미지를 다운시킨다.

일본 주부를 광고에 쓰고 싶다면 '굳이 말하자면 만족'이라는 듯 음울하고 어두운 표정으로 등장시켜야 할 것이다. 거기에다가 무뚝뚝한 연기까지 펼친다면 리얼리티가 훨씬 살아날 것이다. 세제든 화장실 탈취제든 벌레 퇴치제든, 광고에 싱글벙글 신이 난 주부를 등장시키는 건 남성적 발상이다.

실제 주부들은 하나같이 부어터진 표정을 하고 있고, 텔레비전에 나온 주부가 "호호호. 얼룩이 이렇게 잘 지워지다니. 새하얘졌잖아"라는 대사와 함께 손으로 입을 가리며 웃으면 '에구, 애쓴다'라며 찬물을 끼얹을 것이다.

빨래가 하얘졌다고 굳이 소리 내어 웃을 것까지 없지 않은가.

특별이 신이 날 것도 없는 상황인 것이다.

내가 광고를 만든다면, 얼룩이 지워져 하얘진 빨래를 보면서 입꼬리가 축 처져서는 빨래를 힐끔 쳐다보고 앞뒤로 뒤집어 본 다음 만족할 상황임에도 뚱한 표정을 짓게 할 것이다. 이것이 보통의 주부다.

정 싱글벙글 웃게 만들어야겠다 싶으면, 차라리 맞벌이 남편을 등장시키라.

남편은 아침에 바쁜 와중에도 간밤에 말린 빨래를 걷어 펼친다.

"오호. 이렇게 잘 빨리다니. 아이가 옷을 잘 더럽히는데, 이 세제라면 문제없겠어!"

남자는 방긋 웃는다. 그 맞은편에서 아내가 출근하느라 집을 나서며 보육원에 맡길 아이를 번쩍 들어 올리며 말한다.

"여보, 오늘 저녁에 돌아오면 이것도 부탁해요."

바닥에 빨랫감이 산처럼 쌓여 있다.

"좋아! 이 세제만 있으면 든든해."

남편은 세제를 들어 보이며 호탕하게 웃는다.

또는 "화장실 탈취에 좋습니다"라고 말하는 중년 남성. 그 밑에 자막으로 '○○회사, 무슨 과 무슨 과장, 누구누구 씨'라며 회사명과 이름까지 내보낸다.

이렇게 한다면 싱글벙글 마음이 들떠 보여도 상품과 잘 어울리지 않을까?

"아니죠. 남자도 싱글벙글 룰루랄라 같은 표정은 불가능합니다.

모두 무뚝뚝하고 굳어 있어요."

가모카 아저씨는 말한다.

"남자도 '굳이 말하자면' 부류에 속합니다. 딱히 즐거울 게 뭐가 있겠습니까."

그런가. 그렇다면 이게 바로 '국민성'이라는 건가, 굳이 말하자면.

○

니혼바시 호조키*

오사카 니혼바시는 원래 전파사가 많은 거리지만, 밤에 어슬렁거리다 보면 의외로 부랑자가 많다는 것을 알 수 있다. 전파사가 많은 곳이니 종이 상자도 많다. 그걸로 침낭 아닌 침상寢箱을 그럴듯하게 만들어서 건물 처마 밑에 느긋하게 누워 있다. 장소가 그런 만큼 부서진 라디오 따위도 꽤 버려져 있는데, 이리저리 만지작거리다 보면 작동이 되는 것도 있다. 그 녀석을 머리맡에 두고 한신 대 히로시마 경기를 듣고 있는 태평한 사람이 있다.

"누가 이기고 있나?"

* 호조키(方丈記)는 가모노 조메이(鴨長明)가 속세를 등지고 은둔하던 중 좁은 암자에서 쓴 일본 가마쿠라 시대의 수필을 말한다.

지나가던 사람이 발길을 멈추고 물으면

"틀렸어."

아저씨는 옆으로 돌아누운 채 귀찮다는 듯 대답한다. 오사카에서 '틀렸다'는 말은 당연히 '한신이 틀렸다'는 의미다. 그 누구도 다른 구단 이야기를 하지 않는다.

"그렇군. 한신이 못쓰게 됐구먼."

지나가던 사람이 그렇게 중얼거리며 가던 길을 간다. 맑게 갠 하늘에는 조각달이 떠 있고, 미적지근한 밤바람이 분다.

늦은 밤 신사이바시 부근에 가서 걸어 봐도 참치초밥처럼 자고 있는 부랑자가 드문드문 꽤 늘어났다.

"불경기니까 말이야."

라고 그 동네 사람들이 말하던데, 어쩌면 앞으로 더 늘어날지도 모르겠다.

단, 내가 보기에는 젊은 남자가 늘어날 것 같다.

이래 봬도 중년은 '저렇게 되지는 않을 거야'라며 똑 부러지게 처신하는 성향이 비교적 강하다.

옛날 사람인 데다가 구식 부모에게 구식 교육을 받았기 때문에 '공부 안 하면 노숙자 된다'는 훈계를 들으며 자랐다. 이런 사람일수록 '오늘 남의 불행이 내일 나의 불행'이라고 생각하기 쉽다.

하지만 젊은이들은 내 인생의 끝이 저러하리라고 꿈에도 생각하지 않는다. 생각도 하지 않으니 부랑자를 괴롭히기도 한다. 인과 응보라고, 그런 녀석이 또 부랑자가 된다. 되어도 별로 나쁘지 않을 것이다. 니혼바시의 아저씨처럼 태평하게 세상을 사는 것 또한 그 사람의 철학이다.

하지만 내가 상상해 본 바, 요즘 젊은이는 바로 포기해 버리는 사람이 많기 때문에 어쩌면 2, 30년 후 거리가 부랑자들로 넘쳐 날지도 모른다.

젊은 남자 중에는 흐리멍덩한 사람도 많다. 부모가 살아 계시는 동안에는 잔소리를 하면서도 감싸 주지만, 부모가 죽고 나면 아무도 보살펴 주지 않을 것이다.

의지할 사람이 사라진다.

젊은이는 자신을 의지할 데 없는 상황으로 내몬 사회와 죽은 부모에게 화가 난다.

자신은 힘들어 하는데 왜 모두가 관심을 갖고 보살펴 주지 않는가. 이 상황이 이해가 되지를 않아 견딜 수 없을 정도다.

아내에게 의지하자니, 아내 또한 누군가 자신에게 의지하는 것보다 본인이 의지하는 게 낫기 때문에, 자신이 "제발 기대지 좀 마. 그러다가 같이 망하면 어쩌려고 그래!"라고 한마디 하면 망설이지 않고 도망가 버린다. 부모 품으로 도망치거나 더 의지가 되는 남자에게 간다. 아내는 부모와 다르다. 아내는 원래 남이다. 쉽게 단념한다. 더는 안 되겠다 싶어지면 곧바로 단념하고 떠나 버린다.

그렇게 젊은 남자는 외톨이가 된다. 일은 하지만 무엇 때문인지 생활은 빡빡하다. 부모의 비호 아래 능력에 맞지 않는 생활 습관이 배어 있다는 사실은 깨닫지 못하고 왜 이렇게 쓸 돈이 없냐며 못마땅해 한다. 검소하게 산다는 감각이 성숙하지 않았다. 그렇다고 해서 앞뒤 안 재고 무슨 일이든 하면서 살아갈 패기도 없다. 더는 모르겠다, 될 대로 되라며 남의 집 처마 밑에 종이 상자를 뒤집어쓰고 누워 머리맡에 망가진 라디오를 두고 듣는다. 이런 자가 의외로 명문대 졸업생이더라. 어쩐지 상상만으로도 눈에 선해 오히려 신기하게 느껴진다. 더구나 딱히 모델이 있는 것도 아닌데.

"다른 사람보다도 본인은 어떠십니까?"

가모카 아저씨는 묻는다. 글쎄요……. 아니, 나 또한 의외로 신사이바시 일대에서 쓰레기통에 든 음식을 놓고 개와 싸우거나 태평하게 누워 있을지 모른다. 여자 부랑자는 본 적이 별로 없지만, 앞으로 어떻게 될지는 모를 일이다.

나의 경우는 점점 노망이 나고 게을러지면서 남의 눈을 신경 쓰지 않는 노인네가 될 것이다.

이것이 태평파로 가는 지름길이다.

더러운 것이 아무렇지 않아지고 다른 사람이 어떻게 생각하든 신경 쓰지 않게 된 걸 보니 그 맹아가 없는 것도 아닌 것 같다. 어머나, 점점 불안해지기 시작하네.

게다가 지금은 스누피다 뭐다 해서 딸린 식구가 많지만,* 인간은 본래 무일물이다. 돌이켜 생각해 봐도 혼자인 편이 좋은 것 같다.

이것도 종이 상자 패거리로 직결할 만한 사고방식이군.

또한 나는 유리병이나 예쁜 주머니에 애착하지만, 이런 물건 또한 미련 없이 다 버려야 한다. 젓가락과 밥공기만 있으면 된다. 인간이란 그러해야 한다는 마음이 마음속 깊은 곳에 있다.

더더욱 종이 상자에 가까워지고 있어.

사는 집은 다다미 한 장이면 된다. 아니, 나는 키가 작아서 그 정도도 필요 없다. 비와 이슬만 피할 수 있으면 족하다. '호조키'의 세계야말로 인간 생활의 미학적 궁극이란 생각이 마음을 스칠 때가 있다.

드디어 '니혼바시 호조키'가 탄생하는 것인가.

귤 상자 크기의 종이 상자 두세 개만 있으면 살 집은 마련되는 셈이다.

"아무리 그리 되어도 글쟁이라는 직업상 결국 '여자의 종이 상자' 같은 글을 쓰게 되지 않을까요?"

---

* 다나베 세이코는 스누피 인형 마니아다. 자택에 스누피 인형을 비롯한 많은 봉제 인형을 수집하고 있다.

아저씨는 말했다. 상황이 그렇게 된다면 더는 글을 안 쓰겠죠.

'지금껏 왜 그렇게 아득바득 살았을까' 하고 신기해 할지도 모른다. 니혼바시에서 라디오를 듣던 아저씨는 지나가는 사람을 보고 그렇게 생각하겠지.

○

킹콩

최근 고질라가 등장하는 광고가 나오던데, 요즘 젊은 사람들에게 고질라는 향수라고 한다. 어렸을 때 고질라를 봤기 때문에 그리움이 있다는 것이다.

나도 고질라 영화를 본 적이 있지만, 물론 어른이 되고 나서 나이도 먹을 만큼 먹은 뒤였다. 빌딩이나 기차가 고질라의 일격 혹은 입에서 뿜어져 나온 화염에 쓰러지는 것을 재미있게 본 기억이 있다. 요컨대 특수촬영을 보는 재미로 봤기 때문에 고질라에 대해 특별한 감흥은 없었다.

"아니, 그건 아니죠. 고질라 영화는 제 인생 최초의 각인이에요. 고질라에게는 고질라만의 비애가 있어요. 어려도 어쩐지 이해가 가더라고요. 참 좋았는데…….”

젊은이는 그렇게 말했다. 내가 물었다.

“고질라의 비애라니. 도대체 몇 살 때 본 거예요?”

“네 살인가 다섯 살 때요. 바로 최근에 본 것처럼 눈에 선해요.”

젊은이와 전혀 말이 통하지 않았다. 고질라를 어릴 때 봤다는데, 처음 〈고질라〉가 상영된 지가 벌써 이십 몇 년이나 지났다니. 믿기지 않는다. 이삼 년 전에 도호극장에서 상영했던 것 같은데. 이럴 수가. 이럴 때 내 나이가 뼈저리게 느껴진다. 젊은 사람한테는 옛날이지만, 나에게는 바로 어제 일처럼 느껴질 때, 이럴 때 마음이 동요한다.

《방황하는 스물넷》이라는 책이 있던데, 나는 '방황하는 쉰다섯'이다.

내게 '옛날 생각 난다……' 싶은 영화가 있다면, 〈고질라〉보다는 〈킹콩〉일 것이다. 몇 년도 영화였는지 잘은 모른다. 관련 책자에 따르면 가장 처음 제작된 게 1933년이었다고 하고, 내가 1928년 생이니까 아마도 이 영화인 것 같다. 〈타잔〉은 몇 번이나 리메이크됐는데, 〈킹콩〉 또한 몇 번인가 나왔었다. 거대 고릴라 킹콩은 고질라와 다르게 섹시한 데가 있다. 미녀를 손바닥에 얹고 씨익 웃는다. 미녀는 꺅 하고 소리를 지르지만, 킹콩은 미녀만은 절대 해치지 않는다. 미녀에게 반했는지 오히려 소중히 감싸 주거나 축

처진 눈꼬리로 이리저리 살펴본다. 그 모습이 참으로 징그럽다.

나는 어린 나이에도 킹콩과 미녀라는 조합에 감탄했다. 아직도 기억한다. 자세한 줄거리는 잊어버렸지만 마지막 부분에서 두 인물 사이에 흐르는 감정의 변화는 기억이 난다. 킹콩이 거대한 제 몸에 비해 콩알처럼 작은 미녀에게 마음을 빼앗긴다니 참으로 속되다.

빌딩을 한 손으로 눌러 쓰러뜨리고 개미 새끼들처럼 도망치는 군중 속에서 도발적인 미녀를 집어 올려 손바닥에 얹고 가만히 바라보며 웃는데, 그 얼굴이 너무나도 상스러운 아저씨 같다.

'고질라의 비애' 같은 고상한 기운과는 아무래도 거리가 멀다. 도쿄타워 크기의 거대한 손가락으로 미녀를 꽉 쥐고 미녀가 꺅꺅 소리를 지르는데, 킹콩은 즐거워 보이는 것 같기도 하고, 난감해하는 것 같기도 하고, 무서워하는 것 같기도 하고, 재미있어 하는 것 같기도 하고, 어딘가 간지러운 것 같기도 하고, 욕구불만 같기도 하다.

그 표정이 또 그렇게 징그럽다.

그렇게 징그럽지만, 〈킹콩〉은 〈타잔〉과 함께 옛날 생각을 불러 일으키는 영화다.

일전에 우리 집에서 키우고 있는 하얀 문조를 손에 쥐었는데 문득 킹콩이 떠올랐다. 이 문조와 나는 크기와 비율로 따지면 미녀와 킹콩 정도일 것이다. 문조가 내 손바닥을 쿡쿡 쪼았다. 꽤 아프다.

"요녀석, 요놈."

나는 날고 싶어 하는 문조를 손가락 사이에 끼우고 부리를 콕콕 찌르며 장난을 쳤다. 이 모습이 마치 킹콩이 손바닥 위 미녀를 손가락으로 살며시 감싸 안은 것 같다.

미녀는 도망치려고 발버둥 친다.

킹콩은 손가락으로 감싸 안고 싱긋 웃는다. 도망치고 싶어 하면 괜히 더 꼭 쥐고 싶어지는, 그런 심리일까.

"아니, 그것과 이건 다르지 않을까요?"

가모카 아저씨도 킹콩의 마음을 십분 이해한다고 말했다.

"미녀는 처음에 도망치려고 합니다. 하지만 뜻밖에도 킹콩이 해를 끼치지 않는다는 것을 알게 되죠."

"맞아요. 그 점이 영화가 히트한 원인 중 하나겠지요."

"그것을 깨달은 순간, 여성 특유의 근성이 나옵니다. '나 이 사람, 아니 이 고릴라한테 반한 것 같아. 바보 아니야? 무슨 짓을 해도 화내지 않잖아.' 그렇게 미녀는 괜찮을 거라고 확신하기 시작합니다."

"하하."

"그러다 점점 세게 나가요. 태도가 커지는 거죠. 이렇게 해 달라, 저렇게 해 달라, 하고 싶은 말 다 하고 하고 싶은 대로 다 합니다.

킹콩의 손가락을 문조처럼 콕콕 쪼고 발을 동동거리면서 거리낌 없이 굽니다."

"킹콩은 화를 내나요?"

"처음에는 제멋대로 하는 게 귀엽게 느껴지지만, 점점 이상하단 생각이 듭니다. 이 녀석, 이렇게 작고 조그만 주제에 왜 이렇게 제 잘난 듯 으스대는 거야. 이상하기는 하지만, 그렇다고 정색하자니 어른답지 못한 것 같아 방긋 웃어 보입니다. 킹콩의 방긋에는 그런 의미가 깃들어 있는 거예요. 저는 킹콩의 마음을 잘 압니다. 이건 바로 남자가 마누라를 생각하는……."

"마음이다 이거예요!?"

"아니, 여자가 남편을 생각하는 마음이라 해도 되겠지요. 킹콩은 어디에나 있으니까요."

○

여자의
싱글 라이프

덴진 마쓰리*가 열리기 직전부터 오사카는 어찌나 무더운지, 열대
야가 닷새째 계속되고 있다.

당최 저녁 무렵부터 바람이 불지를 않는다. 이것이 바로 '오사
카의 저녁 무풍'이라는 것이다. 그렇게 밤이 돼도 끈적끈적.

이래서야 일이 되겠어!

에어컨도 소용없다. 가루이자와나 홋카이도에 별장이 있는 것
도 아니고 말이야.

별장은 없지만, 마감은 있다.

* 7월 24일과 25일, 오사카 덴만구 신사를 중심으로 열리는 민속 축제.

그 반대였다면 더할 나위 없이 좋았겠지만, 그랬다면 별장을 갖고 있어도 팔아야 했을 것이다. 절대모순의 자가당착이랄까.

그래서 적어도 밤에는 밖으로 나가게 된다.

덴진 마쓰리는 북쪽에서 열리기 때문에 축제 날 밤에는 일부러 남쪽에서 술을 마시는 것도 좋은 방법이다. 덴진 님의 곤콘치키친 음악*도 남쪽까지 들리지 않기 때문에

"지금쯤이면 하고 있겠네요?"

라는 말을 주고받으며 맥주잔을 기울인다. 나는 덴진 님을 모시는 고장에서 태어났지만, 이 더위에 후나토교船渡御**를 보러 갈 마력조차 없어서 저 멀리 남쪽에서나마 덴진 님께 간절히 기도를 올려 둔다.

(모쪼록 잘 부탁드립니다.)

학문의 신 덴진 님이 왜 장사의 도시 오사카에서 귀하게 여겨지는가. 모두가 이런 의구심을 품고 있다. 오사카 노인에게 여쭤 보면 이렇게 말한다.

"어디 가서 대놓고 말은 못하지만, 덴진 님은 다이코豊太閣*** 님이 환생하신 거라지."

---

* 덴진 마쓰리에서 흥을 돋우기 위해 연주하는 음악.
** 덴진 마쓰리 때 하는 제사로, 신령을 태운 배를 강에 띄워 물살을 거슬러 오르며 치른다.
*** 도요토미 히데요시의 경칭.

아무리 도요토미 히데요시를 편애한다기로서니 이렇게 터무니없는 말씀을 하시다니.

어쨌든 덴진 마쓰리 날 밤, 나는 오사카 남쪽으로 가서 싱글인 여자들과 술을 마셨다.

"덴진 마쓰리 날 밤이라도 느긋하게 마셔 보자."

"우린 늘 느긋하게 마실 수 있잖아. 혼자라서."

일전에 가모카 아저씨가 싱글 라이프의 즐거움에 대해 이야기하신 적이 있는데, 오늘도 부티크 경영자, 신문기자, 백화점 점원, 중학교 교사, 디자이너, 미용사가 함께 술을 마시며 너도나도 입을 모아 말했다.

"누가 뭐래도 여자는 싱글이 최고야."

"책 읽을 때 밑줄을 긋거나 책장을 접어도 되잖아. 다 읽으면 헌책방에 내다 팔아도 되지, 버리든 태우든 화장실 휴지로 쓰든 자기 마음대로 할 수 있지."

남자 중 어떤 사람은 이상하리만치 책에 집착해서 책을 읽다가 메모를 하거나 책장을 접으면 잔소리한다고 한다.

"장지문에다가 압정으로 포스터 같은 걸 붙여 놓잖아? 그걸로 잔소리하는 녀석도 있다니까. 기둥에 못 박았다고 불같이 화내는 남자가 있지를 않나."

"내 집에 무슨 짓을 하는 거야! 라면서 말이야."

"압정으로 박으면 장지문에 구멍이 나지 않느냐고 역정을 내는 거야. 고 히로미* 포스터를 붙였더니 이런 놈이 어디가 좋으냐고 질투를 하지를 않나, 어휴. 지금은 싱글이라서 침대 바로 위 천장에도 히로미 사진을 붙여 놨어. 붙이고 싶은 걸 붙이고 싶은 곳에 붙이게 해 주는 남자는 전부 어디로 사라진 거야!"

"그 신문이란 것도 그래. 읽다가 다른 걸로 바꿀 때도 있잖아? 요즘은 아사히가 읽기 거북하니까 마이니치로 바꾸자든가. 가끔 기분 전환 삼아 요미우리로 가 볼까 하고 말이야. 하지만 남자가 있으면 절대 못 바꿔. '안 돼! 신문은 아사히가 최고야'라는 둥 '닛케이 아니면 안 봐!'라는 둥 외곬인 남자가 꽤 많더라고. 아 정말, 그런 사람이랑 함께 살다 보면 욕구불만 덩어리가 된다니까. 나는 좋아하는 신문을 볼 수 있는 지금이 정말 좋아."

"가구 배치를 내 마음대로 할 수 있어."

라고 말하는 여자도 있다.

"나는 방 구조 바꾸기가 취미거든. 그런데 남자만 생기면 그걸 못한다니까. '왜 그렇게 배치를 자주 바꾸느냐. 집에 돌아오면 매일 다른 집 같다. 쓸데없이 바꾸지 좀 마라!' 하지만 지금은 나 하고 싶은 대로 이것저것 시도해 보는 중이야. 서랍장을 옮기든 화

---

* 7, 80년대를 풍미한 자니즈 출신의 아이돌 스타.

장대를 팔아 버리든 잔소리하는 사람이 없어서 너무 좋아."

"머리 스타일을 내 마음대로 바꿀 수 있는 것도 좋아. '나는 긴 머리가 좋은데 왜 짧게 잘랐냐'고 화낸 남자가 있었는데, 얼마나 성가시던지. 내 머리 정도는 내 마음대로 하고 싶단 말이야."

"재채기를 시원하게 하고, 방귀도 마음껏 뀔 수 있어서 좋아. 소변을 시원하게 볼 수 있는 것도 좋고. 좁은 아파트다 보니까 '여자 소변보는 소리가 왜 이렇게 크냐. 어떻게 생겨 먹은 애냐, 계집이란 모름지기 조신하게 졸졸졸 눠야지, 소변을 그렇게 세게 보는 여자가 어디 있냐!'는 놈까지 있었다니까."

"자기는 크게 보는 주제에."

"친구랑 길게 통화한다고 뒤에서 끊어 버리는 남자도 있었어."

"그런 남자도 있어?"

"있었다니까. '빨리 밥 안 차려! 언제까지 전화통만 붙잡고 있을 거야!'라며 버럭버럭!"

"남은 밥 버려도 되니까 좋아. 음식 버린다고 잔소리하는 남자도 있었거든. 냉장고 안까지 들여다보면서 눈을 반짝거리며 '음식 남기지 마. 아까운 줄도 모르고'라는 거 있지. 얼마나 성가시던지. 지금은 음식 남으면 재깍재깍 버릴 수 있어서 너무 좋아."

"다 떠나서 남자랑 살면서 뭘 가장 참을 수 없었는가 하면, 나는 내키지 않는데 '어이, 어이, 이리 와 봐!' 하고 다그칠 때야. 본인도 거절하면 말도 못하게 부루퉁하면서 내가 '자기야' 하고 다가가면 '바보! 내일 아침 일찍 나가야 되는 거 몰라!'라며 버럭 화내고 등 돌리고 잔다니까. 그럴 때 얼마나 밉살스러운지. 남자 따위 정말 필요 없어."

이렇게 결국 모두가 "혼자라서 다행이야"라고 입을 모은다.

한편 가모카 아저씨도 이 자리에 있었는데 시종일관 조용하니 말이 없다. 아저씨 생각은 어떤지 물어보았더니 눈을 크게 뜨며 말한다.

"뭐 글쎄요. 이야기를 듣다 보니 기분이 점점 우울해집니다. '붙들고 매달릴 만한 세상이 아니었도다'라는 말을 아소 지로麻生路郎*가 했던가요? 그런 기분이 들기 시작했습니다."

아저씨는 그렇게 말하며 목까지 메었다.

* 쇼와시대 초기의 센류(에도시대의 단시 중 하나로, 풍자와 해학이 특색이다) 시인.

○

나와
클래식 음악

일전에 클래식 음악을 좋아하는 친구와 이야기를 나누었다.

"요즘에는 청중이 많이 줄었어."

그러고 보니 신문에서도 오케스트라 연주를 들으러 가는 젊은
이가 줄고 중년은 늘었다고 했다.

나는 중년이지만 사실 클래식에 약하다.

나는 야구와도 전혀 접점이 없는 사람인데, 그에 버금갈 정도로
'나와 클래식 음악'이라고 하면 전혀 다른 세계의 두 가지를 나란
히 세운 기분이다.

"안 좋아해?"

친구는 물었지만, 안 좋아한다고도 할 수 없다. 한동안 듣지 않

으면 섭섭하지만, 그렇다고 해서 어떻게 되는 것은 아니다. 수십 일 만에 들으면 너무 좋지만, 그것도 어차피 레코드나 라디오가 고작이다. 전차나 택시를 타고 시내 공연장으로 발길을 옮겨 오케스트라 연주를 들으러 가 본 적은 전혀 없다.

만약 내가 연주를 들으러 간다고 상상해 보면, 며칠 전부터 예매 티켓을 구입해 만나는 사람마다

"○○ 교향악단 연주 들으러 가기로 했어요."

"그때는 ○○ 관현악단 연주 들으러 가야 해서요."

라며 은근히 말을 흘릴 것이다. 다른 연극이나 다카라즈카* 공연이었다면 흘리지 않았을 텐데, 왜 그런지 오케스트라 공연에 가게 되면 '나 있잖아, 오케스트라 공연 간다'고 말하고 싶어진다.

하지만 내가 자랑하거나 소문을 내고 있다는 사실을 다른 사람이 눈치채지 못했으면 하는 허세가 있다. 클래식 음악을 밤낮으로 목욕하듯 끼얹고 있다는 인상을 주고 싶다. 관현악단 연주를 줄곧 들으러 다니고 있으며, 그리 드문 일이 아니라는 낌새를 은근히 풍기면서 이렇게 말할 것이다.

"앗, 그날은 안 돼. ○○ 교향악단 정기 연주회라서."

"드디어 공연 날이네요. 저는 차려입고 갈게요"라고 하겠지만

---

* 여성으로만 구성된 일본의 대표적 가극단이다. 주로 브로드웨이 뮤지컬이나 일본 순정만화를 각색해 공연하며, 다수의 여성 팬을 보유하고 있다.

분명 이는 '허세'다. 나는 그날 밤 연주될 곡이 무엇인지 잘 모른다. 프로그램 표를 봐도 멜로디가 떠오르지 않기 때문에 기대감조차 샘솟지 않는다.

기대는 없지만 그 대신에 만족이 있다. 만족도 100퍼센트. 바로 지금 나는 오케스트라 연주를 들으러 와 있다. '교양 넘치지 않아?'라는 만족감이다. 그런 마음으로 자리에 앉으면 내 앞뒤 좌우로 교양 지수 100퍼센트인 사람들이 앉는다.

드디어 음악이 연주된다.

상상해 봤을 때, 여기에서 나는 분명 '아, 그 곡이구나'라고 생각할 것이다. 여러 곡의 멜로디를 단편적으로 기억하고 있을 뿐이라서 곡명과 연결시키지 못할 때가 많기 때문이다. 하지만 나는 분명 처음부터 알고 있었다는 표정으로 앉아 있을 것이다.

그리고 박수 칠 때가 되면 주의를 기울이며 가만히 있는다. 중간에 연주가 끝나는 때를 지레짐작해 실수로 박수 치면 창피를 당할 테니 주의를 기울여 다른 사람의 박수 소리에 맞추려고 할 것이다.

하지만 곧 프로그램이 진행되고 시간이 흐르면서 나는 옴짝달싹하지 못하고 입도 뻥긋하지 못한 채 음악만 듣는 것이 다소 지루해질 것이다.

그 지루함은 만족도 100퍼센트라고 해도 풀리지 않는다.

무대 위에서는 수십 명의 음악가가 열렬히 연주하고 있다. 그 모습은 장관이지만 나는 무료해질 게 분명하다.

라이브 음악은 분명 매력 있지만, 나라면 그에 보태서 오케스트라 옆이나 앞에 움직이는 무언가를 세우면 좋겠다고 생각할 것이다. 예쁜 색채나 조명을 원하게 될 것이 분명하다.

내친김에 팔다리를 올렸다 내렸다 하는 댄스나 연기를 곁들이면 좋겠다고 생각할 것이다. 음악만 듣는다는 게 어쩐지 시간이 아깝다는 생각도 들 것이다. 그런 생각을 이래저래 더하다 보니 결국 다카라즈카가 되고 만다.

나는 왜 이렇게 무잡한 인간으로 생겨 먹은 것일까. 어렸을 때 음악 교육을 제대로 못 받아서 그런 걸까.

"아니, 그건 아닐 거야."

친구는 말했다. 이 친구는 나와 고만고만한 나이인데, 지금은 샐러리맨 생활을 그만두고 작은 장사를 시작했다. 클래식 음악 레코드가 많고, FM 라디오로 클래식 듣는 것을 좋아하는 남자다.

"우리 집도 클래식 듣는 환경은 아니었어. 아버지가 도쿠가와 무세이의 만담과 히로사와 도라조*를 좋아했거든. 어머니는 〈도톤보리 행진곡〉을 좋아했고. 집에 있는 악기라고 해 봤자, 누군가

---

* 일본 전통악기 샤미센으로 연주하는 전통음악 나니와부시(浪花節)의 명인이다.

의 이빨 자국이 나 있는 하모니카랑 음판이 한두 개 빠진 실로폰이 전부였어. 게다가 전쟁통이었잖아. 클래식 들을 시국이 아니었지. 전쟁 끝나고 '음악다방'이라는 게 생겨서 전쟁으로 불탄 자리를 피해 가며 다니던 기억이 나. 클래식을 좋아하게 된 건 그때 생긴 병이야. 젊고 가난한 이 몸에 클래식이 부응한 셈이지."

"그 가난이란 게 또 클래식과 잘 맞지요."

가모카 아저씨는 말했다.

"가난한 사람은 착실하니까요. 착실한 사람은 클래식을 좋아하게 돼 있습니다. 게다가 착실하기 때문에 가난한 것이거든요. 가난한 사람, 착실함 그리고 클래식 음악. 이 삼 요소가 딱 들어맞아야 클래식 애호가가 되는 겁니다. 저는 '가난한 사람은 클래식 애호가가 된다' 주의입니다."

"그런가요. 저도 어릴 때 전쟁을 경험했는데, 클래식 음악 말고 대중가요로 갔어요. 〈별의 흐름에 몸을 점치고〉 같은 노래를 부르며 자랐죠."

내가 그렇게 말하자 아저씨는 대답했다.

"그건 오세이 상이 되는 대로 사는 사람이라 그런 겁니다. 가난과 되는 대로 사는 인생과 유행가는 삼위일체입니다."

○

주부의
휴가

몇 년 만에 땀띠가 났다.

올여름이 그 정도로 무더웠다고 할 수 있다. 목과 가슴, 배에 땀
띠약을 바르고 연애소설을 쓰고 있다니. 앗, 작업실 사정까지 말해
버렸네.

아무튼 땀띠가 영업에 지장을 주고 있다.

더위는 대단했지만 올여름은 즐거웠다.

대만에 사는 친구가 이 주 동안 다녀갔는데, 매일 밤 술판을 벌
였다.

이 친구는 나와 나이가 비슷한 주부다. 대만 사람이지만 대만
지식층이 대개 그렇듯 전쟁 전 일본에서 유학했기 때문에 일본어

가 유창하다. 일본 소설도 꽤 읽는다.

친구가 와 있을 때 나는 낮에 일을 했다.

그리고 그녀에게는 별채라 부르는 같은 층 작은 방을 내주었다. 우리 집은 하루 두 끼를 먹기 때문에 점심과 저녁때가 되면

"하이! 좋은 아침입니다."

"저녁 먹을 때네요!"

라며 생긋생긋 웃으며 나온다.

낮에 무얼 했냐고 물었더니 모처럼 유유자적 '독서'를 했다고 했다.

그녀는 타이베이에 남편과 아이들을 두고 왔고, 이제 딸이 다 커서 딸한테 집안일을 맡겨 두었다고 한다. 그렇게 타국에서 2주 동안 여행하며, 친구 집에서 독서삼매경에 빠져 지내는 '주부의 휴가'를 온 것이다.

나쁘지 않아.

완벽하게 나쁘지 않다.

일본 주부도 이런 휴가를 받을 수 있다면 좋을 텐데. 이 주나 달라고는 안 하겠다. 일 년에 사오 일만이라도 받을 수 있다면 얼마나 좋을까. 남편과 아이에 대한 대접이 훨씬 좋아지고 일본 국력도 신장될 텐데 말이다.

그녀는 훈제 닭고기와 비둘기, 육포, 통조림 등 갖가지 맛있는

음식을 듬뿍 가지고 왔다.

"대만 요리 먹고 싶어요."

밤에 가끔씩 부탁하면

"응, 좋아. 맡겨만 주세요."

라며 몇 접시나 만들어 준다. 이런 게 바로 주부의 고마운 부분이다. 그 덕에 대만 가정식이란 것을 먹을 수 있었다. 만약 손님이 남자였다면, 더구나 일본 남자였다면 고압적이어서 신경을 써야했을 것이다. 최근 요리할 수 있는 남자도 늘어나긴 했지만, 그러면 그런 대로 신경을 쓰게 된다. 요리를 좋아하는 남자는 채소든 고기든 좋은 재료를 아까운 줄 모르고 사치스럽게 쓰는 경우가 많다. 하지만 주부라면 일본인이든 외국인이든 상관없이

"있는 재료로 만들면 되지."

라고 말한다. 파 끄트머리, 양배추 심, 시들어 가는 가지 등 냉장고를 털어서 요리를 만들어 준다. 돼지고기를 삶고 그 삶은 육수에 달걀을 풀어 서서히 조리고, 기름이 뜨고 너무 많다 싶으면 그 기름을 남겨 두었다가 다음 날 그것으로 밥을 짓는다. 이처럼 대만 요리는 버리는 것이 없다. 그 음식을 규슈의 쌀소주나 시코쿠의 메밀소주와 함께 먹으면 엄청나게 호사스러운 기분이 든다. 일류 셰프를 둔 듯한 기분이 든다.

하지만 모처럼 일본에 왔으니 초밥집이나 양식집, 꼬치집에도

데려간다. 그녀는 꼬치요리는 대만에 없어서 더 맛있다고 했다. 아와오도리*도 보러 갔다. 그런데 그녀가 게다 신기를 힘들어 해서 도중에 버선발로 춤을 췄다. 게다의 끈을 무척 고통스러워 했다. 가라오케 바에 데리고 갔을 때는 노래는 부르지 않고 정통 사교댄스를 추셨다.

낮에는 혼자서 천천히 동네를 걷거나 백화점에 가서 쇼핑을 하고 텔레비전을 보거나 책을 읽는다.

때마침 우리 집에 함께 묵었던 젊은이가 있었는데, 어느 날 우리 집 강아지 인형 '아마에타'를 빌려 달라고 하더니 그걸 끌어안고 잔다. 그 모습을 보더니 대만인 친구는 말했다.

"오오오! 그런 것도 할 수 있다니, 생각도 못했어요. 그렇다면 저도 빌리겠습니다."

다음 날부터 그녀는 책을 읽거나 텔레비전을 볼 때 아마에타를 끌어안았다. 아마에타는 기품 있고 얼굴이 귀여워서 여성 손님들에게 인기가 많다. 그녀에게 내어준 방 옆에 우리 집 서재가 있기 때문에 그녀는 다양한 책을 내키는 대로 가져다가 열심히 읽었다.

"이것은 뒷맛이 좋지 않아서 다른 걸 하나 더 읽었어요. 그리고 이건 좋았어요. 테마도 재미있었고, 여운도 남았고요."

* 일본 도쿠시마 지역에서 기원한 민속춤. '아와'는 도쿠시마의 옛 지명이고, '오도리'는 춤이란 뜻이다.

순문학이든 추리소설이든 마구 읽고 번듯한 견해가 담긴 독서평을 말한다. 좋고 싫음이 확실한 성격에 독서도 좋아하지만 사람 만나는 것도 좋아한다.

그래서 이곳저곳 데리고 다녔던 나도 기분이 좋았다.

다카라즈카에 데려갔더니, 이것 참 큰일이 났다. 금세 아사미 레이*의 팬이 되어 버리는 게 아닌가.

"하아, 정말……. 진심으로 늠름하고, 남자답고, 아름답고, 고상하시고……."

단정하고 우아한 일본어를 모두 구사하며 아사미 레이에 정신이 팔려 있었다.

이 주라는 시간이 금방 지나갔다. 그녀는 기념품으로 일본 음식을 골고루 사 담았고 내 책도 가지고 돌아갔다. 화물칸에 맡길 짐은 트렁크 한 개가 전부였지만 배가 빵빵하게 부른 손가방이 세 개나 됐다. 총 몇 십 킬로그램은 될 것 같았다. 그녀는 이 짐들을 가볍게 메고 나르거나 발로 밀치면서 거뜬히 옮겼다. 대만 여성의 이런 부분이 일본 여자보다 훨씬 힘 있고 믿음직스러웠다.

"그럼 갈게요. 고마웠어."

그녀는 싱글벙글 웃으며 게이트로 사라졌다.

* 다카라즈카 가극단 배우로 1975년 〈베르사유의 장미〉에서 앙드레 역할을 맡아 큰 인기를 모았다.

"자이지엔!"

그렇게 배웅하고 집에 돌아왔더니 어쩐지 아마에타가 멍한 얼
굴을 하고 있었다.

◯

어른의 도

뇌우가 조금이나마 여름 더위를 가지고 갔구나 싶은 날이다. 오늘 밤에는 돼지 콩팥을 양념해 삶은 다음 식혀서 얇게 썬다. 그것에 피단과 자차이, 훈제 닭고기를 더해 먹으면 데운 술과 참 잘 어울린다. 소주는 마음 내키는 대로 물과 섞어 마실 수 있어 편하다.

그렇게 혼자 조용히 술을 마시고 있다 보면 "같이 노옵시다~" 라며 가모카 아저씨가 나타난다. 나타나는 건 좋은데, 이 양반은 꼭 유선방송을 켜고 오신단 말이야.

왜 그런지 요즘 그 유선방송은 노상 "제발 놓아 주시오, 가지카와˙ 장군……"에 맞춰 있다.

"소나무 복도에서 아사노 다쿠미가 기라 고즈케를 칼로 베려고 하는 대목이네요."

"성 안에서의 칼부림은 엄격히 금지돼 있다며 뒤에서 아사노를 결박하고 있었던 아저씨 이름이 가지카와였던가요."

"가지카와 요소베였죠. '무사의 자비로 놓아주시오.' 피를 토하며 애원하던 아사노의 부탁을 듣지 않고 끝내 놓아주지 않았잖아요."

"놓아줬으면 좋았을 것을."

아저씨는 무책임하게 지껄인다.

"그때 기라 고즈케를 죽였다면 사무라이가 47명이나 쳐들어가지 않아도 됐을 테고, 그랬다면 에너지를 엄청나게 줄였을 것 아닙니까. 어차피 나중에 할복하게 될 것을, 원한의 단칼이 아니라 숨통을 끊을 만한 단칼을 휘둘렀어야 했습니다."

"생각은 그렇더라도 속세의 의리라는 것도 있으니 일단은 말리러 들어가야지요. 어쩔 수 없는 일이었어요."

나는 딱히 '가지카와 아저씨' 편을 들려는 마음은 아니었지만, 대화의 균형을 생각해 이렇게 말할 수밖에 없었다.

---

* 에도시대 중엽에 일어난 '아코 사건'의 주요 인물 중 한 명인 가지카와 요시테루를 말한다. 아코 사건은 아코 번의 번주인 아사노 다쿠미를 비롯한 무사들이 칼을 뽑는 것이 금지된 성 내에서 기라 고즈케와 그 가문 무사들을 집단 살해한 사건인데, 이때 가지카와는 에도 성 내 칼부림을 막기 위해 아사노를 결박한 인물로 알려져 있다. 이 사건은 훗날 일본의 고전 《주신구라》로 각색되었다.

"성 안에서 칼을 휘둘렀는데 그걸 가만히 보고만 있었다? 그 사실이 알려지면, 그때는 본인의 과실이 되잖아요."

"만일 성인 남자였다면 그렇게 융통성 없는 짓은 하지 않았을 겁니다. 평소에 기라 고즈케의 오만함을 알고 있었다면, 아사노가 얼마나 분했는지도 알고 있었을 거 아닙니까. 내심, '아, 드디어 칼을 뽑았구나. 이제 정말 끝이로구나' 생각하면서, 말로만 요란스럽게 '그만두십시오. 그만두십시오'라고 소리치면 됐던 겁니다. 그렇게 겉으로 말리는 척하면서 어물쩍 넘어가며 아사노의 의도를 이뤄 줬어야 했다고요……."

"에도의 사무라이가 그렇게 무책임한 일을 어떻게 할 수 있겠어요. 오사카 사투리로를 썼으면 어물쩍 넘어갈 수나 있었지."

"그래서 뒤에서 붙잡고 있던 가지카와 아저씨는 포상을 받았습니까?"

"아마도 월급이 500석 늘어났다나 봐요. 옛 단시 중에 '오만 석 버리니 오백 석 준다'라는 시가 있거든요. 아사노는 한순간 욱해서 오만 석을 잃었고 그의 하인은 모두 실업자 신세가 됐어요. 그런데 가지카와는 예상치 못한 기회 때문에 오백 석이 늘어났대요. 태평성대라서 급료 오를 기회가 도통 없었는데 횡재였죠. 그래도 뒷맛이 개운하지는 않았을 거예요."

"그런 생각을 했겠습니까, 그 고집불통에 융통성이라고는 없는 바보 아저씨가! 큰 공을 세웠다며 자손 대대로 자랑을 했겠죠.”

아저씨는 가지카와 아저씨에게 호의를 갖기 싫은 모양이다.

“그렇게 융통성 없는 사람은 상사가 적당한 자리 여기저기에 배치합니다. 딱딱하고 고지식한 사람은 윗사람이 적소에 갖다 둬야 하는 겁니다. 회계나 경호원 같은 자리에 배치되죠. 하지만 우리 같은 어른이 보면 그런 녀석과 술 한 잔도 마시기 싫습니다.”

아저씨는 기염을 토한다.

“우리로서는 겉으로는 ‘그만두세요, 그만두세요’라고 말리면서도 아사노의 고충에 공감하며 뜻을 이뤄 줄, 그런 어른과 마시고 싶습니다……”

그런 사람만 있으면 세상이 덜컹거릴 텐데.

“덜컹거리면 어떻습니까. 애초에 에도 성 안에서 오사카 사투리를 더 많이 썼다면 적당한 선에서 끝났지, 이렇게까지 서툰 큰 소란으로 번지지는 않았을 겁니다.”

그러고 보니 그 소동이 일어났을 무렵, 에도 성에서 교토 사투리를 쓰는 무리가 있었다. 그들은 말할 것도 없이 교토에서 온 칙사 일행이었다. 옛 단시 중에 ‘칼 빼든 곳이 나빠서야 하고 조정 귀족이 말하니’라고 야유하는 시도 있었는데,* 내 추측으로는 교토

---

* 칙사로 온 귀족이 칼부림을 해선 안 되는 성에서 칼을 뽑은 아사노를 비판하는 단시.

로 돌아와 '어휴, 말도 마시오. 나를 접대해 주던 사람이 갑자기 할복을 해서 나도 뒷맛이 영 안 좋았습니다'라고 말했을지도 모른다.

"칙사들이 '그만두세요, 내려놓으세요'라고 말렸다면 잘 넘어가지 않았을까요?"

나는 말했다.

"아니, 그건 아닙니다. 칙사나 귀족이라면 이 또한 어른 아닙니까. 우두머리의 명예만 생각하기 때문에 자신의 판단을 내릴 수 없어요. 어른이라면 칼싸움이 났을 때 질끈 눈감고 있는 겁니다. 그렇게 했다면 두 사람 죽는 것으로 끝났을 테지요. 나중에 마흔일곱 명이나 죽지 않아도 됐을 거라고요. 아사노의 시름도 물론 가셨을 거고요. 가지카와 아저씨는 무사의 자비도 모르는 바보입니다."

"무사도에는 싸움을 말려야 하는 책무까지 들어 있나 보네요."

"아니죠. 애초에 '도道'가 붙은 건 전부 못씁니다. 어른이 아니에요. 어른은 '도'를 배척합니다. 무도, 다도, 화도花道, 유도, 검도 모두 크든 작든 가지카와 아저씨 같은 외곬으로 꽉 막혀서 동맥경화가 될 지경이에요. 그래서 소생이 뉴욕을 좋아하는 것 아니겠습니까. 뉴욕에는 '도'가 없으니까요."

여기서 뉴욕 얘기가 왜 나오는 거야.

"뉴욕에는 '도'가 없어요. 그러고 보니 전후 일본에 귀환자라 불리던 사람이 있었죠."

"네. 중국 대륙이나 조선 반도, 대만, 외지 이곳저곳에서 고생한 끝에 조국으로 돌아온 사람들 말이죠……."

"제가 생각하기에, 전후 귀환자들은 맨몸으로 출발해서 그런지 모두 활력이 있었어요. 대단하신 분들 많았죠. 그 사람들한테는 '도'가 없었습니다. 그 점이 훌륭해요. 꽉 막히지 않은 유연한 발상이 가능했던 사람들입니다. 전후 일본이 부흥한 건 '도'가 없는 사람들이 꽤 이바지했기 때문입니다. '도'가 없다는 것이 바로 '어른의 도'일지 모릅니다."

밤바람이 썰렁하니 아무래도 가을이 오려나 보다.

○

추리닝
닌자

대기업 엘리트 과장이 조깅하는 것으로 위장한 뒤 남의 집을 훔쳐
보고 절도까지 했다는 뉴스는 꽤 놀라웠다.

나는 새로운 수법을 이용한 범죄에 관심이 많다.

새로운 수법 중에서도 심각하게 충격적인 범죄에 더더욱 관심
이 있다.

예를 들면 요코하마에서 있었던 비행 청소년들이 부랑자를 습
격한 사건과 올봄 오사카에서도 빈번했던 장애인을 노린 절도와
날치기, 그리고 노인만 있는 가게에 여럿이 뛰어 들어가 행패를
부리고 도망가는 등 예전에는 거의 볼 수 없었던 사건들이다. 또
한 눈이 불편한 사람을 습격하거나 목발 짚고 다니는 사람을 넘어

뜨려 날치기하는 등 무릇 인간으로서 가장 수치스러워 해야 할 범죄를 소년과 어른 들이 저지르고 있다니, 충격이 아닐 수 없다.

이러한 범죄는 엄벌에 처해야 한다.

그리고 작년 시마네 현에서 보험금을 노린 살인 사건이 터졌다. 여자가 그녀의 애인과 살인 계획을 세우고 다른 남자와 맞선을 봐서 결혼한 뒤 그 남편을 죽였다. 심지어 처음 맞선을 봤던 사람은 '나보다 키가 커서 죽이기 힘들 것 같다'는 애인의 말에 그냥 보내주었다고 한다. 여자가 맞선을 볼 때 남자가 멀리서 지켜보고 있었다는 뜻이다.

다음 맞선 상대로 신장 155센티미터에 고상하면서도 연약해 보이는 남자가 나왔기 때문에, 이들은 '이 사람으로 가자'며 합의한다. 약혼한 뒤 결혼한 여자는 남편 이름으로 보험을 들어 놓고 애인과 함께 남편을 죽인다. 이 사건 또한 기존 보험금 살인과 다른 새로운 유형의 범죄다.

이 또한 나에게 매우 충격적이었다. 한 사람의 인간으로서 용서할 수 없는 수법이다. 죽이기 위해 결혼을 하다니. 아무리 생각해 봐도 귀여운 구석이라고는 도무지 찾아볼 수가 없다.

이러한 신종 수법은 처음 접했을 때 충격을 받았지만, 관심이 생기지는 않는다. 범죄에도 귀염성이 좀 있으면 좋겠다.

머리가 비상하다고 할 만한 사건이라면, '애인 뱅크'*의 회원 명단을 훔쳐서 협박한 끝에 돈을 뜯어낸 남자가 떠오른다. 이는 악질이지만 착안점은 교묘하다. 애초에 '애인뱅크'라는 회사 자체가 불쾌한데, 이런 곳에 자신의 경력이나 연락처, 그 외 사생활 관련 정보를 노출하는 사람이 그렇게 많다니. 그 점에 우선 감탄했다. 위험 가득한 이 세상, 어떤 식으로든 이용당할 수 있다고 상상하지 못한 걸까. 이 범인은 전형적이지만, 애초에 돈을 노리고 침입했다는 점, 오백 장이나 되는 회원 명단을 발견하고 즉시 사생활을 이용한 공갈협박으로 계획을 변경했다는 점에서 요즘 젊은이답지 않은 영악함이 엿보인다.

프라이버시는 돈이 된다는 것을 뼈저리게 느끼게 해 줬다는 점 하나만으로도 굉장한 뉴스였다.

한편 엘리트 과장이 조깅을 가장해 범죄를 저질렀다는 뉴스가 굉장한 이유는 평소에 우리가 조깅에 대해 경의를 가지고 있기 때문이다.

"조깅이나 마라톤 하는 사람 치고 나쁜 사람 없어."

보통 이런 선입관이 있는데, 모르기는 해도 언뜻 한눈팔지 않을 것 같은 모습에 마음이 동하는 것이리라. 그러다가 정도가 심해지면 운동복 차림이나 러닝화를 신은 사람만 봐도 어쩐지 품격이 높

---

* 1980년대 초반 성행한 전화 만남 서비스 업체로, 실제로 매춘 알선에 주로 이용되어 사회문제가 되었다.

아 보이고, 범접할 수 없는 경지에 이른 사람 같으며, 충실한 인생을 사는 것 같기도 해서 선망과 질시와 경외심이 드는 것이다.

그에 비하면 나는 숙취에 시달리고 운동을 싫어하며 몸이 상해도 임시방편으로 넘기려고만 하는 경우라서, 조깅하는 사람을 보면 어떻게든 못 본 척하려고 한다.

세상 사람들의 이런 심리를 역으로 이용해 조깅하며 악행을 저지르다니. 어떤 의미에서 실로 뛰어난 수법이라고 하지 않을 수 없다.

여러 가지로 생각했을 때, 나는 이 엘리트 과장의 범행이 놀라웠다.

전문가의 말에 따르면, 요즘 사십대 정도의 남성은 내면에 우울함이 쌓이면 심신증에 걸리고 밖에 나가면 이런 식의 범죄를 저지른다고 한다. 이 엘리트 과장은 추리닝 차림이 됐을 때, 스스로가 닌자라고 암시를 건 것 아닐까. 이 아저씨에게 변신에 대한 갈망이 있었을지도 모른다.

와이셔츠와 넥타이를 휙 벗어 던지고 추리닝으로 갈아입으면 뭐든지 할 수 있을 것 같은 기분이 들어서, 끝내 감정을 억제하지 못하고 본인 신분까지 망각한 끝에…….

"아니요. 그렇다기보다는…….'

가모카 아저씨는 짜증스러운 말투로 내 말을 가로막았다.

"예전부터 제가 누누이 말씀드리지만, 원래 운동이란 하면 좋지만 딱히 꼭 해야 하는 것도 아닙니다. 운동은 자전거조업 같은 거예요. 한 번이라도 거르면 다시 뒤룩뒤룩 살이 찌지요. 조금만 나 몰라라 하면 원래대로 돌아갑니다. 운동은 사람을 배신합니다. 건강이란 것도 자전거조업 같은 것. 우리는 조깅, 마라톤 하는 사람을 봐도 경외심을 느끼지 않습니다. 자전거조업 하느라 발이 참 바쁘구나 동정 어린 눈으로 바라보죠. 그러니까 추리닝 차림이 위장에 도움이 됐다고 생각하지 않습니다."

운동과 인연이 없는 아저씨는 그렇게 말하고 술을 마셨다.

○

역전

최근에 깨달은 것이 있다. 텔레비전을 보다가 나도 모르게 중장년 편을 들게 된다는 사실이다. 어느 드라마에서 아들이 부모를 비난한다.

"아버지가 잘못하셨어요!"

일방적으로 딱 잘라 말하는 아들을 보면 내가 그 부모라도 된 것처럼 욱하게 된다.

"뭐라고! 잘못한 건 네놈이지! 어디서 건방진 소리야!"

텔레비전 볼 때만 그런 게 아니다.

책이든 연극이든 만담이든 무엇을 봐도 지금까지 편들던 사람의 반대쪽 편을 든다. 입장이 달라졌다는 것이 이런 걸 말하는 것이리라.

〈혀 잘린 참새〉*를 봐도 할머니에게 공감이 간다. 동화에서는 할머니가 참새의 혀를 가위로 잘랐다던데, 요즘 버릇없는 아이들이 짹짹거리며 주변을 뛰어다니고 다른 사람들한테 민폐를 끼치는 모습, 그런 모습을 보고도 내버려 두는 그 엄마의 모습을 보면서 어찌 혀 자른 할머니를 비난할 수 있으랴.

중장년이 되면 혀 자른 할머니를 옹호하는 쪽으로 돌아서고 싶어진다.

혹부리 영감 옆집에 사는 욕심쟁이 혹부리 영감 또한 동정하지 않을 수 없다. 다른 영감이 행운을 얻었는데 어떻게 손가락만 빨며 아무것도 안 할 수 있겠나.

구라마 덴구와 곤도 이사미**라고 할 것 같으면 예전에 어땠을지는 몰라도 지금은 곤도 이사미가 좋다. 곤도 이사미는 정보원이 적어서 몇 년이든 몇 십 년이든 앞날을 읽을 수 없다. 물 건너온 권총 같은 게 없으니까 열심히 수련한 검법에 의지할 수밖에 없다. 멀리 내다볼 수 없으니 한 치의 선악으로 판단해 '저건 나쁜

---

* 일본의 전래동화. 주요 내용은 할아버지가 귀여워하던 참새가 어느 날 할머니의 풀을 먹어 버린다. 할머니는 화가 나서 참새의 혀를 잘라 산으로 쫓아낸다. 참새를 찾으러 산에 온 할아버지에게 참새는 은혜를 갚기 위해 음식과 선물을 준다. 그 소식을 들은 할머니도 참새를 찾아가 선물을 받지만, 열어 본 상자 안에 요괴가 가득해서 할머니는 기절한다.
** 《구라마 덴구》는 오사라기 지로의 장편 역사소설이다. 주인공 구라마 덴구는 일본의 앞날을 먼저 고민하는 충신으로, 곤도 이사미는 구라마 덴구와 대립 관계에 있는 인물이다.

것' '이건 착한 것'이라고 단정 짓고 나 홀로 날뛸 수밖에 없는 것
이다. 눈물 없이 볼 수 없다.

중년을 넘기면 그들에게 자신의 모습을 투영하게 된다. 비명횡
사하는 쪽의 편을 들 수밖에 없다.

"음. 저한테도 그런 낌새가 있습니다. 햄릿이라는 애송이보다
햄릿에게 호되게 당하는 숙부와 엄마한테 공감이 갑니다.

가모카 아저씨는 말했다.

"엄마 이야기가 나와서 말인데, 저는《홍당무》의 아이보다 아이
를 괴롭히는 엄마에게 더 납득이 가요."

엄마 입장에서는 항상 주눅 들어 있고 원망에 사무친 듯 보이
는, 늘 치켜뜬 눈으로 어른들의 눈치를 살피는 홍당무를 볼 때마
다 화가 치밀 수 있다.

그런 애가 있어요. 졸지에 악역이 되는 엄마가 불쌍하죠.

"아, 아빠 역시 불쌍합니다.《아버지 돌아오다》라는 소설이 있어
요. 기쿠치 간의 작품인데, 젊었을 때는 그 아버지가 참을 수 없을
만큼 미웠습니다. 가족을 내팽개치고 하고 싶은 것 다 하다가 몸
이 아프다며 다시 집으로 돌아오다니. 그 몰염치와 추레함에 얼마
나 화가 나던지. 하지만 지금은 이해가 갑니다. 아버지한테 대고
마구 욕 퍼붓는 아들을 보면 화가 나요. 너희들이 누구 덕에 태어
난 줄 알아! 비록 지금 꼴이 이래도 내가 네 아버지다. 낳아 준 것

만으로도 고마운 줄 알아. 이렇게 말해 주고 싶어요."

지독한 아버지다.

"저는 《인형의 집》에 나오는 남편을 동정하게 됐어요."

젊었을 때 《인형의 집》을 읽고 노라를 동정하며 속물의 상징인 그 남편에게 분노를 느꼈다.

하지만 이제 와서 생각해 보면 남편이 하는 말도 무리는 아닌 것이, 남자는 체면 때문에 산다는 그 세계의 법칙 또한 이해가 가기 때문에 동정이 가는 부분이 많다. 만약 노라가 잡지에 고민상담 같은 것을 하는데 내가 그 상담자로 지정된다면, 답변을 어떻게 해야 할지 난감해질 것이다. 옛날부터 고민상담만큼은 도저히 못하겠다고 생각했는데, 나이가 드니까 더더욱 엄두가 안 난다. 점점 혼란스럽기만 하다.

"《금색야차》*의 오미야도 나쁘다고 볼 수는 없습니다."

아저씨는 감개 어린 목소리로 말한다.

"젊었을 때는 다이아몬드에 눈이 먼 오미야를 보고 '이런 천박한 여자를 봤나'라면서 내가 간이치라도 된 것처럼 증오했습니다. 하지만 지금은 그럴 수도 있겠다 싶은 게, 참 가엾습니다. 인간이 돈이 있다고 해서 행복해지는 것은 아닙니다. 하지만 다른 사람이

* 메이지시대에 오자키 고요가 쓴 소설로, 이수일과 심순애의 사랑으로 유명한 《장한몽》의 원작이다.

아무리 이야기해 줘도 당사자는 모릅니다. 스스로 경험하지 않으면 몰라요. 오미야도 결국 직접 겪지 않습니까. 그 전까지는 자기도 모르게 돈에 눈이 먼 거예요. 간이치도 그 점을 이해해 주지 않습니까."

맞아. 뭐든지 다 알고 있다면 소설이나 연극이 나올 수 없을 것이다.

"돈에 굴복하는 것으로 치면 《요쓰야 괴담》의 이에몬도 마찬가지입니다. 조강지처인 오이와를 버리고 대신에 부잣집 딸에게 눈길을 주지요. 하지만 이에몬만 그런 게 아니에요. 사실 세상 사람들 모두가 내심 그렇게 생각하는데, 이에몬만 나쁘다고 할 수는 없습니다. 오히려 집착한 나머지 유령이 되어서까지 괴롭히는 오이와의 그 집요함. 그런 면에서 저는 단연코 이에몬 편입니다. 오이와는 싫어요."

"어머나, 그런 말씀을 하시다니. 오이와의 뒤끝이 그렇게 무섭다던데요."

"남자는 그런 집요함을 못 견딥니다. 모르긴 몰라도 오이와는 침실에서도 집요했을 겁니다. 이에몬은 참기 힘들었을 테고요. 아, 공감이 갑니다, 이에몬의 마음이."

그때 문득 이런 생각이 들었다. 나이를 더 먹어 일흔, 여든이 되면 그때는 어느 쪽을 동정하게 될까.

입장이 다시 한 번 뒤집힐 수 있을까. 반전은 두 번 찾아온다던데, 그때는 다시 노라의 남편과 이에몬을 미워하게 될까.

아니면 모두 다 시답잖다며 게이트볼이나 즐기고 있을까.

"전혀 바뀌지 않을 겁니다. 분별력을 갖추고 세상의 지혜를 익힌 지금의 생각이야말로 영구불변일 거예요……. 하긴 젊었을 때도 그렇게 생각했네요."

아저씨는 싱글벙글 웃으며 말했다.

○

본심이란

"마타하치는 못써요."

아이다 유지* 선생을 찾아뵀더니 다짜고짜 말씀하신다.

예전에 내가 어느 칼럼에서 함께 술을 마신다면, 미야모토 무사시**처럼 착실하고 향상심 있는 사람보다 마타하치***처럼 늘쩡거리고 게으른 사람이 재미있을 것 같다고 떠든 적이 있기 때문이다.

"마타하치는 안 된다고요? 재미가 없을까요?"

"아니, 뭔가 결핍이 있는 인간은 하나같이 우울해서 술을 마시

* 일본의 역사학자.
** 일본의 검객 중 단연 최고로 손꼽히는 국민적 영웅.
*** 미야모토 무사시의 친구로 기회주의자이며 교활한 인물.

면 자격지심 때문에 괜한 트집을 잡거든."

흠. 그럴 수 있겠구나.

술이 들어가면 본심이 드러난다는 만고불변의 진리를 잊고 있었다. 그렇다면 곤란한걸.

본심은 함부로 털어 놓는 것이 아니다.

술을 마실 때 본심이 나오면 술에게 미안해진다. 술이 화를 내신다. 그런 건 다른 때 내놓으면 되는 것이다.

나는 그렇게 생각하지만 가모카 아저씨는 아닌 모양이다.

"아니, 어떤 장소에서든 본심은 안 됩니다. 본심을 말한 사람이야 기분이 좋으시겠지만, 주변 사람들이 못 견뎌요."

"뭐, 그렇기는 하죠. 다른 사람의 본심이 무엇인지 들어 봤자 재미없으니까요."

오늘 밤에 나는 '어른의 스키야키'라는 것을 만든다. 무쇠 냄비에 일본술(데웠다가 식힌 술을 써도 된다)을 콸콸 붓고 뜨거운 물을 조금 더한다. 거기에 저염 간장으로 간을 하고 기호에 따라 조미료를 넣어도 된다. 마지막으로 질 좋은 고기를 넣었다가 바로 꺼내 먹는다.

일반 두부나 실곤약, 밀개떡, 파 등을 넣고 설탕과 간장을 넣어 끓이는 것을 나는 '아이의 스키야키'라고 부른다.

어른의 스키야키에는 고기만 넣는다. 아니면 처음에 뭉텅뭉텅

썬 배추 정도는 넣어도 괜찮다. 이 깔끔한 '어른의 스키야키'는 데운 술과 잘 어울린다.

그건 그렇고, 본심 말하는 것을 제 장사로 삼는 사람도 있다. 탤런트나 만담가가 진심에서 우러나오는 독설로 인기를 모으기도 하니 말이다.

"아니, 그것 또한 '장사용 본심'입니다."

아저씨는 말한다.

"진짜 본심은 말할 리가 없어요."

"평론가나 정치가, 계몽가 같은 사람은 본심을 말해서 존경받는 것 아닌가요?"

"그런 것은 '약간의 본심'이란 겁니다. 대중의 큰 파도를 거스를 만한 '거친 본심'은 말하지 않아요."

"거친 본심을 말해야 진정한 계몽가라고 할 수 있겠죠? 거친 본심은 귀에 거슬리잖아요. 대중은 계몽가의 말을 듣고 화를 내며 돌을 던져요. 그 계몽가는 대중의 뭇매를 맞겠죠. 그러고 나서 백 년이 지난 뒤 대중은 그제야 그 계몽가가 거친 본심을 말했다는 것을 깨닫고 평가를 달리할 거예요. 그런 것 아닐까요?"

"어리석은 일입니다."

아저씨는 술잔이 작아 감질났는지 데운 술을 컵에 따랐다. 그러고 나서 눈을 크게 뜨며 말한다.

"그런 계몽가는 어른이 아닙니다. 거친 본심이 있어도 어른이라면 그 자리에서 말하지 않습니다. 그걸 말한다는 건 대중을 바보로 여긴다는 증거라서 그렇습니다. 본인이 똑똑하다고 자만하는 녀석이기 때문에 득의양양하게 '거친 본심'을 서슴없이 말하는 겁니다."

"흠. 하지만 백 년이 지나서……."

"백 년이 지나 결국 그 사람 말대로 됐다고 하더라도 그건 계몽가와 상관없는 일입니다. 대중은 바보 같으면서도 현명합니다. 무서워요. 본심은 무서운 것입니다. 말하지 마세요."

본심으로 대한다는 건 무서운 것인지도 모른다.

오늘 아침, 무심결에 텔레비전을 보고 있는데, 가쓰미 시게루*가 나와서 공개사과라는 것을 했다. 피해자 가족과 함께 텔레비전에 나왔는데, 가족이 심한 말을 하는 동안 보도 관계자가 바싹 몰려들어 가쓰미 시게루를 몰아세우며 '본심'을 고백하라고 추궁했다. 가쓰미 씨는 충동이 아닌 계획적 범행이었다고 눈물 흘리며 고백했음에도, 형기나 재판 이야기가 나오자 보도 관계자들은 "그건 법률상의 문제로, 그것과 이건 별개다!"라는 등의 질타를 쏟아냈다.

---

* 일본의 가수. 1976년 내연 관계에 있던 유흥업소 여성을 살해, 실형을 선고 받고 복역했다.

"어쩔 거야! 어? 가쓰미 씨!"

무서웠다.

완전히 인민재판이나 다름없었다.

피해자의 아버지는 있는 그대로 말해 주기만 하면 된다고 눈물을 훔쳤는데, 그 사실이 법정에서 밝혀지는 게 아니라 텔레비전을 통해 드러났다는 데서 소름이 끼쳤다. 이는 가쓰미 시게루의 본심이 아니라 텔레비전 자체의 '본심'이었다. 머지않아 텔레비전 고문이란 게 생겨서 말하고 싶지 않은 '거친 본심'까지 말해야 하는 시대가 올지도 모르겠다.

"아니, 그때가 오면 본심을 말하고 싶어도 말해야 할 본심조차 없는 사람들이 늘어나 있을 겁니다. 그리 걱정할 만한 일도 아니에요."

아저씨는 컵술을 꿀꺽꿀꺽 들이킨다.

그러고 보니 오사카에서 창간돼 의외로 잘 팔리고 있다는《결혼조류結婚潮流》라는 잡지가 있다. 결혼하고 싶어 하는 여자의 본심을 간파한 잡지라는데, 그래서인지 '의사와 결혼하는 법'이라든가 '변호사와 결혼하는 법' 같은 꽤 노골적인 기사가 실려 있다. 그런 점이 솔직하게 느껴지는지 꽤 팔리는 모양이다. 햇병아리 변호사가 자주 가는 레스토랑이나 찻집까지 취재하고, 여자가 시도해 볼 만한 팁을 전수하기도 한다. 히구치 게이코* 씨는 의사, 변호사 부인이 되기보다 자신이 의사가 되는 법을 고민하는 게 빠르겠다며 비웃었다고 하던데, 나 또한 전적으로 동감한다. 최근에 이 책의 편집 후기를 봤는데, 하야시 마리코** 씨는 우리 편이라며 좋아했고, 오치아이 게이코*** 씨처럼 결혼제도 비판론자는 안 된다는 식으로 쓰여 있었다. 이런 건 좀 곤란하다. 하야시 마리코 씨가 "시집가고 싶다!"고 한 것은 재미로 하신 말씀이고, 그렇기에 재미있는 것이다. 오치아이 씨도 그런 맥락으로 하신 말씀이다. '결혼하는 법'은 재미로 쓸 때 새로운 감각이 생겨난다. 《결혼조류》 같은 잡지를 진심으로 만들다니, 촌스러운 일이다. 한마디 더 보태자면, 이 잡지의 편집장 이름을 보니 여자 같던데, 편집한 내용을 보면 아무리 봐도 '남자의 필적'이다. 남자 손으로 만들었다는 냄새가 난다. 오치아이 씨를 비난했다는 점이 바로 남자의 감각이다. 오치아이 씨가 틀렸다고 하는 여성 잡지는 진짜 여자 편이 아니다. 가짜다.

　"본심은 재미있어 하는 곳에서 우러나는 법."

　이라며 나는 아저씨와 건배했다.

---

* 평론가. 주로 복지, 교육, 여성, 노후 등에 관한 평론가로 활동했다.
** 소설가이자 수필가. 《막차를 탈 수 있다면》과 《교토까지》로 나오키상을 수상했고, 주요 작품으로 《하얀 연꽃 사랑》 《첫날밤》 《거침없는 여자가 아름답다》 등이 있다.
*** 작가. 아나운서를 하다가 작가 생활을 시작했다. 도쿄와 오사카에서 어린이책 전문 서점 '크레용 하우스'와 여성 도서 및 유기농 화장품 전문점 '미즈 크레용 하우스' 등을 운영했다.

○

반입
금지

한 해가 저무는 시기가 되면 밖에서 먹을 일이 많아진다. 나는 어마어마한 요리보다도 소소한 전채나 작은 접시에 나오는 무침에 마음이 간다. 그런 음식을 먹은 날이면 반 애교 삼아 가게 주인아주머니한테 레시피를 여쭤 보기도 하는데, 그러면 가모카 아저씨는 주인아주머니가 대답하기 전에

"물어서 뭐하시게요?"

라며 의아해 한다.

"글쎄요. 그냥 맛있으니까요."

"그냥 물어볼 거면 안 물어보는 게 낫습니다. 가게 영업 비밀이니까 제대로 가르쳐 줄 리도 없잖아요. 대답하기도 곤란하고요. 모

른다고 할 수도 없고 상관 말라고 할 수도 없잖습니까."

"어머, 그렇게 엄청난 비법이 있는 것도 아닌데요, 뭘."

주인아주머니는 이어서 말씀하신다.

"맞아, 요리 좋아하시는 부인들 중에 물어보시는 분이 꽤 있어요."

"물어보면 선뜻 가르쳐 주시나요?"

"대략적으로는 말씀드려도 비법은 안 가르쳐 드리죠."

아주머니는 깔깔거리며 웃었다.

나는 귀찮은 걸 싫어하는 성격이기 때문에 설령 듣는다 해도 집에 가서 해 보지는 않는다. 하지만 이 세상에는 착실한 사람도 많아서 가게에서 이것저것 물어보고 주방까지 들어가 열심히 메모하는 사람도 있다고 한다.

그런 열의 있는 여자의 가정 식탁에는 분명 맛있는 음식이 올라가겠지.

"그럴까요? 아무래도 그런 여자 심리에 대해서 잘은 모르지만, 그런 건 집에서 먹어 봤자 흥이 안 날 텐데요."

아저씨는 회의적이다.

"하지만 여자들은, 이를테면 이 실파 초된장무침, 이것과 똑같은 걸 집에서 먹을 수 있으면 좋겠다고 생각해요."

"먹고 싶으면 이 집에 오면 되지 않습니까. 뭐든지 집에서 먹을 수 있으면 삶의 낙을 어디서 찾겠어요. 그 가게 실파 초된장무침이 먹고 싶다고 집을 나서며 마음이 들뜨는 그 순간에 인생의 활력이 생기는 겁니다. 바빠서 혹은 주머니 사정이 안 좋아서 가게에 도통 못 가다가 오랜만에 보너스를 받는다고 생각해 보세요. 얼른 가서 실파 초된장무침으로 한잔해야겠다 싶을걸요. 그럴 때가 좋은 거죠."

"그러니까 그것과 똑같은 걸 만들어서 저녁때 술안주로 내주려는 것 아니에요? 남편을 위하는 여자의 갸륵하고 따뜻한 마음을 모르시겠어요?"

"아니, 사절하겠습니다."

아저씨는 여자의 갸륵함이나 남편을 위하는 따뜻한 마음에 대한 이야기가 나오면 목덜미가 서늘해지는 모양이다. 움찔하며 자세를 고쳐 앉는다.

"그런 건 필요 없습니다. 마음 쓰지 말라고 부탁하고 싶어요. 실파 초된장무침은 멀리 있기에 의미가 있는 겁니다. 그 귀한 실파 초된장무침이 우리 집 저녁 반찬으로 넉살 좋게 올라와 있다면, 글쎄요, 늘 보던 익숙한 우리 집 접시, 익숙한 우리 집사람에 익숙한 우리 집 젓가락으로 먹어 봐야 무슨 감동이 있겠습니까. 하지만 가게에서 먹으면 분위기가 다릅니다. '여기 술!'이라고 일단 외쳐 놓고 나서 가게 안을 둘러보면 다 남이에요. 남의 접시, 남의 젓가락, 남의 집 물수건. 바로 그때 데운 술이랑 실파 초된장무침이 나옵니다. 이 안주는 공짜지만 그렇다고 해서 더 달라고 해서는 안 됩니다. '아아, 이거야, 이거. 이거랑 한잔하고 싶었다고' 하면서 감격하며 먹는 맛, 그게 바로 사는 즐거움이지요.

그런데 맛이 좋다고 굳이 만드는 방법까지 물어보고 집에 가서 만든다고요? 그런 천하고 추잡하고 쩨쩨한 짓은 하는 게 아닙니다. 왜 여자는 이걸 모르는 걸까요. 제대로 구분했으면 합니다! 뭐든 집에 가지고 가는 게 능사는 아니라는 것을요!"

아저씨는 일장 연설을 한다.

아저씨가 이렇게 나오면 이제껏 별 생각 없었고 어떻게 되든 상관없다고 여겼던 일도 여자 입장에서 여자를 옹호하게 된다.

"그래도 집에서 해 먹는 게 싸게 먹히잖아요. 게다가 번거롭게 밖에 나가 사 먹는 것보다 집에서 먹는 편이……."

"남자는 밖이 편합니다."

"밖에 나가는 수고도 덜 수 있고요."

"그 수고가 사는 보람이죠."

"요리 레퍼토리를 늘려서 가족의 식생활을 다양하고 풍요롭게 하려는, 가족을 사랑하는 여자의 노력을 아저씨는 인정하지 않으시는 거예요?"

"노력은 인정합니다. 하지만 밖에 있는 건 밖에 있는 그대로 두세요. 뭐든 집에 가지고 들어오지 말라는 겁니다. 그런 여자의 행동을 저는 '여자의 반입주의'라고 합니다."

"반입 사기라는 말은 들어 봤어도……."

"여자들이 하는 그것은 반입주의입니다. 레스토랑에서 좋은 접시를 보면 '여보, 우리도 이 접시 세트로 사요'라고 합니다. 텔레비전에서 뭔가 나오면 우리 집에서도 똑같이 하자고 하고요. 쥐가 소굴 안으로 뭐든 가지고 들어오듯이 무턱대고 집 안으로 가지고 들어오려고 합니다."

"여자를 쥐에 비교하시는 거예요!"

"고양이라도 상관없습니다. 꼭 보금자리에 끌고 들어와서 혼자 도취되어 입맛을 다십니다."

"남자도 그렇지 않나요?"

"남자는 안 그렇죠. 남자는 밖에 있는 것은 밖에 있는 그대로 즐기려고 합니다. 여자는 밖에 있는 것을 꼭 안으로 끌고 들어와 제 것으로 만들고요. 이런 주부들이 프랑스 요리나 가이세키 요리를 배우러 다니기도 합니다. 집에서 유명 레스토랑과 똑같은 음식을 먹게 되면, 남자는 반응을 어떻게 해야 합니까. 밖에 나가야 먹을 수 있는 맛있는 음식을 집에서 먹을 수 있게 되면 남자는 허무해집니다."

"아저씨는 구식이에요. 요즘 여자들은 맛있는 음식은 집에서라야 먹을 수 있다고 자부한다고요."

　나는 차갑게 말한다. 아저씨도 지지 않고

　"집에 반입해선 안 되는 건 요리 뿐만이 아닙니다. 자동차도 집집마다 있을 필요 없어요. 버스가 발달하면 됩니다. 정원도 필요 없어요. 공원을 만들면 됩니다. 책도 개인이 살 필요 없습니다. 도서관이 있지 않습니까."

　어머, 책은 곤란하지. 내 책이 안 팔릴 거 아니야.

○

멋없는 편이
낫다

"이번 선거에서 자민당이 대패한 이유가 서민들이 가쿠에이*의
금권정치를 비판한 탓이라고 하던데, 내 생각에는 아니야."

사십대 주부가 말한다.

그녀는 전업주부지만, 《세설》**에 나오는 아름다운 귀부인들처
럼 실생활에서 쓸 수 있는 능력이 딱히 없다. 즉, 제 힘으로 살 능
력은 없지만 머리는 자립자존, 말솜씨도 뛰어나고 정신이 분방하
며 비판력이 있는 주부다.

아르바이트 같은 건 하지 않으면서 오로지 자신의 감성과 비판

* 일본 정치가 다나카 가쿠에이를 말한다.
** 다니자키 준이치로의 소설.

력만 갈고닦는다.

오사카에는 이러한 '귀부인'의 전통이 있기에 무섭다. 제 힘으로 살아갈 능력이 없다고는 해도, 이런 부류들은 그 상황이 되면 또 어떻게 해서든 살아남는 타입이다.

"그건 야스* 때문이야. 나카소네 씨가 자민당에 있으니까 여자들 표가 빠져나간 거야. 가쿠 씨보다는 야스 책임이지."

"나카소네 씨가 불침 항공모함을 만들겠다고 해서 그런가."

"당연하지. 혹시 전쟁이라도 나면 우리 아들 데려갈 거잖아. 안 돼! 절대 반대야. 주부들은 모두 그렇게 생각할걸. 금쪽 같은 아들을 빼앗기면 어떻게 사느냐며 경계심이 날카로워진 거지."

나에겐 '금쪽 같은 아들'이 없어서 그 생각은 미처 못했다. 하지만 사랑하는 아들이 있는 주부는 그에 대한 공포를 심각하게 느끼고 있단다.

여성지가 주부를 대상으로 앙케트를 실시해 지금 가장 불안한 것이 무엇이냐고 물었더니, 대부분이 지진이나 노후가 아니라 의외로

"아들이 전쟁에 끌려 가는 것."

이라고 답했다고 한다. 그러고 보면 쥐의 해라서 하는 말은 아

* 일본 정치인 나카소네 야스히로의 별칭.

니지만, 요즘 여자들은 누구보다 빨리 재앙을 감지하는 쥐처럼 위기를 피부로 느끼고 있다.

"그야 당연하지. 옛날처럼 자식이 네다섯 있던 시절이 아니잖아. 우리 딴에는 지극정성으로 키운 외아들이라고. 남의 아들 확 채어 가서 어중이떠중이와 함께 총알받이로 삼겠다는데, 참을 사람이 누가 있겠어. 말도 안 돼."

아름다운 귀부인은 말씀하셨다. 아이가 둘 있는 집이라도 딸 하나 아들 하나인 집이 많기 때문에 상당수가 '외아들'이다. 이런 집에서 초상을 치른다면 분명 여자들이 대공황을 일으킬 것이다. 아무리 과보호다 뭐다 말해도 전쟁과 징병에 제동이 걸릴지 모른다.

그런 여자들이 나카소네 씨를 경계하고 기피했다는 것이다.

"그건 그럴 수도 있겠지만……."

가모카 아저씨, 꼭 한마디 하신다.

"부모 마음은 그렇다고 해도 젊은이가 뭐라고 할지는 모를 일입니다. 아무리 지극정성으로 키워도 그 젊은이가 전쟁에 관심을 가지면 소용없지 않습니까."

"젊은이라고 해도 남자아이들 이야기잖아요. 남자아이들은 초등학생 때부터 전쟁놀이 좋아하니까."

"왜 남자만 전쟁을 합니까. 전쟁은 여자도 같이하는 겁니다."

아저씨는 눈을 동그랗게 뜨며 말한다.

"오세이 상과 귀부인들이 뭐라고 하든 여자가 전쟁의 근원입니다."

"무슨 트로이 전쟁도 아니고……."

"전쟁은 모두 마찬가지예요. 불초 가모카 또한 젊었을 때는 군인을 동경했지요. 군인이 돼서 멋있게 전쟁을 하고 싶었습니다. 왜냐! 여자한테 인기 있고 싶었으니까요."

아저씨는 짙은 감색으로 된 짧은 재킷에 단검을 차고 흰 장갑을 낀 해군학교 학생을 동경해 입학시험도 치렀다고 한다.

"붙으셨어요?"

"합격했다면 지금쯤 바닷속 해초 부스러기가 돼 있겠죠. 우리 때 들어간 사람은 8개월이나 앞당겨 졸업한 다음 전선에 투입됐으니까요. 하지만 그때는 그런 생각 안 했습니다. 해병이 되어 단검 차고 걸어 다니면서 여자들의 선망하는 눈빛을 한 몸에 받고 싶다, 그 생각뿐이었어요."

분명 그건 있었다. 우리도 소녀였을 때 마을에서 해병 생도를 발견하면 그 후 6개월 정도는 호들갑을 떨었다. 만나는 친구마다 "나 해병 봤잖아"라며 떠들고 다녔다.

오사카 길거리에서 해병 생도를 만나기란 좀처럼 힘든 일이다. 요즘 사람으로 예를 들면, 미우라 도모카즈* 씨처럼 생긴 사람이 곧은 자세로 앞을 향해 똑바로 걷는 모습을 본 셈이다. 두리번거

리지 않는다. 오코노미야키집이나 노점상 같은 곳에도 가까이 가
지 않는다. 짧은 상의도 멋있었지만, 허리에 찬 단검도 늠름하니
좋았다. 한 여학생이 어쩌다 거리에서 해병 생도와 마주쳤다며 이
야기를 꺼내면, 친구들이 우르르 몰려들어 그 친구를 둘러싸고 저
마다 말을 건다.

"어디서? 어디 갔었어? 뭐 하고 있었어? 전차는 안 탔어? 같이
다니는 사람은 없었어? 말 걸어 보지 그랬어?"

"왜 내가 말을 걸어야 해!"

라고 여학생이 소리치고, 둘러싸고 있던 아이 중 한 명이 옆 반
으로 가서 말을 퍼뜨린다.

"얘들아! ○○가 그러는데, 우메다에서 해병 생도 봤대!"

옆 반에서 "정말? 꺅!" 하고 소리를 지르며 구경하러 온다. 그
정도로 해병은 인기가 많았다.

"그렇죠? 곤도 마사히코** 같은 남자가 멋들어진 군복 입고 단검
을 차 보세요. 젊은 여자 아이들은 꺅꺅 소리 지르지, 다른 남자도
인기를 끌겠다고 너도 나도 군복을 입으려고 합니다. 전쟁은 여자
도 같이하는 거라고 말한 건 이걸 말합니다."

그럼 어떻게 하면 되겠느냐는 얘기가 나왔다. 가모카 아저씨는

* 일본 남자 배우.
** 1980년대 초 인기 아이돌 가수.

해군학교 입학시험에 낙방하여 멋있어질 기회를 놓쳤다는데, 그렇다면 모든 젊은이가 멋이라는 걸 모르게 되면 그것이 곧 전쟁을 막는 길이 아닐까. 귀부인 모두 그렇게 결론 내렸다. 멋없는 편이 낫다.

○

인생
티켓

오늘은 비가 온다. 벚꽃도 이제 끝이겠다 싶지만, 그저께 다카라
즈카 하나노미치에서 벚꽃을 실컷 보고 왔기 때문에 미련은 없다.
《세월 티켓》이라는 책에서 쓴 적이 있는데, 앞으로 이십 년 정도를
더 산다고 치면 봄 스무 번, 여름 스무 번, 가을 스무 번, 겨울 스무
번이 남았다고 할 수 있다. 이런 생각을 하기 시작한 게 한두 해
전이니까 계산해 보면 봄의 티켓은 벌써 두 장이나 끊어 건넨 셈
이고, 남은 건 열여덟 장밖에 없다. 앞으로 열여덟 번 벚꽃을 볼 수
있다는 말이다. 그런데 '겨우' 열여덟 번이라는 기분이 아니라 '우
와, 열여덟 번이나 남았네'라는 기분이 든다.

벚꽃을 열여덟 번이나 볼 수 있다면 충분하지 않나요.

올해 다카라즈카의 벚꽃 놀이는 대단히 붐볐다. 지금 대극장에서 아사미 레이와 하루카 구라라 황금 콤비가 〈바람과 함께 사라지다〉를 열연 중인 데다가, 봄에는 매년 데뷔 무대를 가지는 단원의 공연이 있기 때문에 객석이 초만원이다. 올해는 노사카 아키유키* 씨의 딸 하나카게 미키 씨의 첫 무대도 있다. 시간 참 빠르다. 나는 검은색 기모노에 녹색 하카마를 입은 첫 무대생들을 열심히 바라봤지만, 내 자리가 훨씬 뒤였기 때문에 모두 비슷비슷해 보여 누가 누군지 모른 채 끝나고 말았다.

그건 그렇다 치더라도 아사미 레이 씨의 수염이 꽤 근사한 것이, 점잖은 레트 버틀러였다. 하루카 씨의 스칼렛은 어른의 멋이 넘쳐흘렀고 요염하다고 해도 될 만큼 아름다웠다.

〈바람과 함께 사라지다〉의 무대 위 레트 버틀러가 집을 나가는 슬픈 장면에서 앞으로 열여덟 장 남은 봄의 티켓이 떠올라 어쩐지 감상적인 기분에 빠져 집으로 돌아왔다. 남자란 일단 이렇게 해야겠다 결심하고 집을 나가면 절대 돌아오지 않는, 레트 버틀러 같은 존재일까. 나는 마치 내가 아름다운 하루카 구라라 씨가 연기한 스칼렛이 된 것 같아 마음이 슬퍼졌다. 너무 힘을 주고 본 것이리라. 레트 버틀러가 오사카 남자였다면 중간에 마음이 바뀌어 다

* 일본의 소설가. 대표작으로 《반딧불의 묘》가 있다.

시 집으로 불쑥 돌아와서 스칼렛을 뛸 듯이 기쁘게 해 줬겠지만.

일도 하지 않고 멍하니 그런 생각을 하고 있는데, "같이 노옵시다~"라며 가모카 아저씨가 술을 마시러 왔다. 이 양반은 '춘수春愁'라는 게 도통 없는 모양이다.

스무 번 남은 인생 티켓에 대해선 어떻게 생각하실까.

"아, 그건 찬성입니다."

아저씨는 소주를 얼음 넣어 마시고, 나는 미지근하게 데워서 마신다. 버섯과 미역 모둠 조림이 오늘의 안주다. 이 또한 스무 장의 티켓에 포함된 것이라서 꼭 누려야 한다.

"스무 장의 티켓은 좋아요. 하지만 소생은 오세이 상처럼 일일이 티켓을 끊지 않습니다."

"그럼 무임승차하시겠다는 거네요."

"봄 스무 번, 여름 스무 번, 가을 스무 번, 겨울 스무 번이 남았다는 발상은 매우 좋습니다. 오십대인 사람이 그런 생각을 하면 앞날이 보이니 꽤나 편해지거든요. 하지만 고지식하게 매년 착실하게 끊을 건 없지 않습니까. 생각났을 때 끊고, 끊기 싫으면 그해는 넘어가면 됩니다. 영원히, 죽을 때까지 '스무 번 남았구나' 생각하는 것만으로 충분해요."

뻔뻔한 사람이다.

"때로는 내 마음대로 티켓을 늘려도 괜찮지 않겠어요?"

말도 안 돼.

"때로는 원점인 아기 때로 돌아가서 티켓이 70장 남았다고 생각해도 됩니다."

이분이 말도 안 되는 소리를 하시네.

오늘 비가 오니까 생각났는데, 최근 새로 개장한 국립 분라쿠* 극장에서 〈요시쓰네 센본 자쿠라〉 공연 중 담당자가 스프링클러 버튼을 잘못 눌러 무대에 갑자기 비가 내리는 소동이 있었다. 마침 '고킨고 전사小金吾討死'** 장면이었고, 배경이 대나무숲이었기 때문에 관객은 처음 보는 훌륭한 연출이라며 감동했다고 한다. 조명 때문에 비가 내리는 연출이라고 착각한 모양이다.

이 국립극장은 컴퓨터를 사용한 최신 설비를 갖춘 극장으로, 버튼 하나로 뭐든지 가능하다는 것이 큰 자랑거리였다. 하지만 인간이 그 버튼을 잘못 누르면 다 소용없다는 걸 이로써 깨달았다.

연출에 의한 비일 거라고 생각했는데, 무대 위에서 인형을 조종하던 사람이 당황해서 인형 머리를 감싼 채 뛰어 내려갔고, 앞쪽에 앉은 관객들은 젖을까 봐 모두 일어섰다. 극장은 술렁였다. 후에 "비가 십 분 정도 내렸습니다"라고 '오카바노 나이시'를 연기했던 요시다 분쇼 씨가 말했다. 이해가 안 갔던 것은 그 당시 극장

* 일본의 전통 인형극.
** 〈요시쓰네 센본 자쿠라〉의 제2막.

의 대응이었다.

"공연 중지합니다. 로비로 나와 주시기 바랍니다."

무대막이 내려오는 사이에 안내 방송은 이게 전부였다고 한다. 사정에 대한 설명도 없었고 대표자의 사과도 없었다.

"환불해 드리겠습니다. 다시 보고 싶은 분은 공연 기간 중 오늘 보신 티켓을 지참하고 오셔서 빈자리에서 보시면 됩니다."

관객들이 무지 화를 내고 나서야 결국 한 시간 뒤 마지못해 환불을 해 주었다고 한다. 국립이라서 그런지 매우 관료적이다. 그래서 생각났는데, 이번에 창간한 《올 간사이》라는 잡지에서 다케모토 쓰다유* 씨가 국립 분라쿠 극장 소동에 대해 언급하셨다. 극장 측은 극장이 완성됐음에도 쓰다유 씨에게 안내문 한 장 보내지 않았고 내부도 보여 주지 않았다고 한다. 분라쿠 극장인데도 분라쿠를 하는 사람들이 대기실에 들어가면서 위축이 된다고 한다. '내 극장을 마련해 주셨구나'라는 느낌이 들지 않는다는 것이다.

오사카에서 관료 티를 내시면 너무 튑니다. 오사카에서 그렇게 관료 행세를 하시면 욕먹기 딱 좋아요. 어찌되었든 우리 세금으로 만든 것 아닙니까. 물조차 공짜가 아니라고요. 돈 낭비하지 마세요.

"자자, 그렇게 화를 내시면 티켓을 끊기는커녕 늘리고 싶어지겠

---

* 분라쿠의 연사.

습니다. 분수에 맞지 않는 풍류는 그만두세요."

아저씨는 방긋 웃으며 마시던 술을 단숨에 들이켰다.

○

감정에
대하여

감기가 아직 낫지 않았다. 하필 이런 때 초면인 사람과 전화로 이야기할 일이 있었다. 그 사람이 나중에 "다나베라는 분 목소리가 스러질 것 같은 것이 실로 가련해 보였다"고 말했다는데, 아닙니다. 감기로 목이 건조해져서 힘들었을 뿐이에요. 하지만 가련하게 들리셨다면 늘 감기에 걸려 있어도 좋을 것 같네요.

밤이 되면 약을 먹어야 한다. 물론 술이다.

나는 요즘 가모카 아저씨와 인간이 끝내 잊지 못할 감정은 무엇인가에 대해 논쟁을 벌이고 있다.

연애. 사랑. 첫사랑. 첫눈에 반한 사랑. 불륜. 미친 사랑. 짝사랑.

나는 주로 애정에 관한 감정을 말했지만, 아저씨는

"그런 감정은 여차하는 순간 눈이 번쩍 뜨이면서 잊어버리게 됩니다. 흔적도 남지 않아요."

라고 말한다.

"그런 일이 있었지, 정도랄까요?"

"그렇다면 질투와 선망이요."

"그 또한 차츰차츰 잊힐 겁니다."

"음. 제 경우를 돌이켜 보면 그럴지도 모르겠네요."

나는 샘이 많은 여자였지만 어느 날 내가 부러워하던 사람이 다른 사람을 부러워하고 있다는 이야기를 듣고 아, 그렇구나 깨달은 적이 있다.

"슬픔은 어떨까요? 다쿠보쿠*가 말했잖아요. '돌팔매질에 쫓기듯 고향을 떠나 온 슬픔 마를 날이 없어라'라고."

"슬픔도 잊을 수 있습니다. 제 지인의 아내가 남편을 먼저 떠나보냈는데, 그때는 세상이 무너진 것처럼 울더니 몇 년 지나니까 잘 웃더랍니다."

"증오. 원한. 앙심이 골수에 사무친다는 표현도 있잖아요? 나치 잔당을 퇴치하고자 하는 집념 같은 것만 봐도 엄청나고요."

"그건 가능할 수 있겠지만, 꽤 개별적이라서 일반론이라 말할

* 일본 시인 겸 문학평론가인 이시카와 다쿠보쿠를 말한다.

수는 없습니다. 〈원한을 넘어서〉*라는 소설도 있잖아요. 시간이 지나면서 미움이 잊힐 때도 많습니다.

뭐든지 다 잊히는구나.

"그렇다면 분노는 어때요? 미움과 다르게 문득 떠오를 때마다 화가 치밀잖아요."

"조금 남는 정도겠지요. 아, 맞다. 먹을 것에 한이 맺히면 무섭다고들 하니까 그와 결합하면 잊을 수 없을 것 같기도 합니다."

역시 전쟁을 겪어서 그런지, 생애를 돌아보며 고민 끝에 생각해 낸 감정이 고작 먹을 것에 얽힌 것이다. 태어날 때부터 먹을 게 풍족했던 요즘 세대와 이 점이 다르다.

"지금도 기억이 납니다. 전쟁 전후로 먹을 것 없던 시절, 친구가 남긴 도시락을 먹은 적이 있어요."

아저씨는 허망한 표정으로 말했다.

"한창 젊을 때라서 아침부터 저녁까지 배가 고픕니다. 먹을 게 하나도 없어요. 그런데 그때 하필 친구 하나가 '오늘은 입맛이 없네' 하며 도시락을 절반 남기는 겁니다. 시절이 그렇다 보니 감자나 해초 같은 게 들어 있는 맛없는 밥이었습니다. '먹을래?' 하기에 허겁지겁 먹기는 했는데 다 먹자마자 후회가 밀려오는 겁니다.

* 기쿠치 간의 단편소설.

그때는 왜 그런지 몰랐어요. 모르는 와중에도 기분은 나쁘더군요. 나중에 어머니한테 말했다가 무척 혼났습니다. 나중에 큰일 할 녀석이 남이 먹다 남긴 걸 먹으면 쓰겠냐고요. 그래서 기분이 나빴던 것 아닌가, 과장해서 말하자면 굴욕감이었습니다. 그 굴욕감은 절대 잊히지 않습니다. 사람 마음에 영원히 남아요."

정말 과장이다.

왜냐하면 여자들은 엄마가 되면 아이가 넘긴 음식을 아무렇지 않게 먹고, 아내가 되면 남편이 남긴 반찬도 종종 먹기 때문이다.

"아니, 아니에요. 다른 사람의 도시락을 먹으면 나중에 굴욕감에 시달립니다. 이건 꽤 진지한 이야기예요. 만약 오세이 상도 진주군이 남긴 음식을 먹었다면 여간해서 잊을 수 없는 기억이 될 겁니다."

다행인지 불행인지 그런 경험은 없다. 나는 다른 사람 도시락을 먹어 본 적도 없거니와 누가 내 것을 먹은 적도 없다. 누군가 내 것을 먹는다는 것도 본능적으로 싫어한다.

"그 도시락이란 게 참 이상해요. 하긴, 요즘에는 무슨무슨 도시락이라면서 기성품이 유행하는 것 같던데, 여기서 제가 말하는 건 내가 만들거나 엄마가 만들어 준 알루미늄 도시락을 말해요. 옛날에 일할 때는 매일 직접 도시락을 만들어 갔거든요. 그런데 어느 날, 여자 친구들이 밥을 사 준다고 해서 내 도시락이 남게 됐지 뭐예요."

"그래서 어떻게 하셨습니까?"

아저씨는 몸을 앞으로 내밀며 묻는다.

"다른 여자 친구들이 남자 직원들한테 '이거 먹을 사람?' 하고 물었더니, 남자 직원들은 '내가 먹을래, 내가 먹을래!' 하며 앞다퉈 받아 가더라고요. 그런데 저는 싫었어요. 내 도시락을 남한테 준다고? 절대 싫어!"

"그래서 어떻게 하셨습니까?"

"그대로 집에 가지고 왔죠. 상해서 버렸어요."

"어유, 아까워라. 왜 그런지 남자 입장에서는 여자 도시락이라면 한 번쯤 먹어 보고 싶은 마음이 들기는 합니다. 남자가 남긴 도시락은 싫지만, 아무도 손대지 않은 여자 도시락이라면 먹어 보고 싶네요."

"접시에 덜어 주는 거라면 드릴 수 있지만."

"접시에 덜면 못쓰죠. 여자가 늘 가지고 다니는 귀여운 꽃무늬나 무슨 무늬 알루미늄 도시락으로 먹으니까 맛있는 겁니다. 저는 오세이 상의 도시락 한 번 먹어 보고 싶었는데."

"여자 도시락은 먹어도 굴욕감이 안 드시나요?"

"안 듭니다. 하지만 남자의 도시락은 설령 먹다 남은 것이 아니라 아무도 손대지 않은 것이라 해도 먹기 싫습니다. 이건 왜일까요? 변태정신일까요?"

　인간의 감정 중 끝까지 잊히지 않고 남아 있는 건 미움도 굴욕
감도 아닌 변태정신이라는 결론이 났다.

○

남자와
가정

어느 날, 나는 남자 친구와 차를 타고 동네를 달리고 있었다.

주택가 좁은 길에 공사용으로 보이는 차가 세워져 있었고, 그 차 문이 열려 있어서 도로 대부분을 쓰지 못하는 상황이었다.

친구는 바로 앞에 차를 세우고 클랙슨을 울렸다.

잠시 후 건물에서 운전사로 보이는 남자가 유유히 나왔다.

그의 얼굴을 봤더니, 우리가 무의식적으로 기대했을 '앗, 죄송합니다'라는 표정이 없었다.

위압적이었고 불쾌함을 최대한으로 끌어올린 표정이었다. 그 사람이 뭔가 말을 했다면 아마도 '시끄러워! 거 되게 빽빽거리네'였겠지만, 그때 내 관심을 끈 것은 그 남자의 무뚝뚝하고 불쾌해 보이는 표정이었다. 왠지 내 친구의 클랙슨 소리 때문이 아닌 것 같았다.

　말하자면, 그 순간 '아, 이 남자는 원래 인상이 이렇구나' 하는 느낌이 들었다. 악의와 반발심과 적개심을 얼굴에 가득 담고 입가에 냉소를 띤 채 한평생 살아왔구나 하는 직관이 드는 사람이었다. 이목구비나 용모에 관해 왈가왈부하는 건 아니다.

　그는 꾸물꾸물 차를 돌렸고 우리 들으라는 듯이 문을 쾅 하고 닫았다. 그 앞에 건축 중인 집이 있었고, 그의 풍채를 보아 하니 공사 관계자인 것 같았다. 만약 그가 젊은 남자였다면 불쾌한 그 인상이 딱히 눈에 들어오지 않았을 것이다. 그 아저씨는 사십대로 보였는데, 그 나이에 그런 인상이라는 점이 내 흥미를 불러일으켰다.

　다음 길모퉁이에서 친구는 스피드를 줄이고 서행했다. 그러자 건너편 보도에서 걸어 나온 남자가 차 앞을 힐끔 쳐다보고 갔다. 예순 남짓, 백발이 덥수룩하고 살찐 아기 같은 인상의 남자였다. 육중한 인상이었는데 이 사람 또한 불쾌했다. 입꼬리는 내려가 있고 눌러앉은 들창코가 고집 있어 보이며 눈매에서 끈끈한 독기와 적의가 느껴졌다. 우리를 쏘아보고 지나갔지만, 딱히 아는 사람도 아니고 해서 이 사람 또한 늘 저런가 보다 싶었다.

　충격이었다. 이 세상에 인상이 불쾌한 남자가 이렇게나 많다니. 그런데 이건 개인적인 호불호의 느낌이 아니었다. 그 증거로 운전

중이던 친구가 먼저 말을 꺼냈다.

"인상이 더러운 남자가 왜 이렇게 많은 거야."

그래서 나도 마음을 놓고 웃으며 말했다.

"저런 남자랑 자는 여자가 있다는 것 자체가 경이로워."

"여자 중에도 불쾌한 사람 많아."

"그야, 그렇긴 하지."

"뭐, 우리가 지금껏 열심히 산 것도 다 저런 불쾌한 녀석과 만나지 않기 위해서잖아. 그러다 보니 저렇게 인상이 더러운 녀석은 밖에 나오지 않으면 볼 수가 없어."

나 같은 경우는 딱히 그런 의도로 살아온 건 아니라서 이 친구의 말에 동의하지 않는다. 하지만 내 주위에 있는 지인과 친구, 일로 만나는 사람들을 아무리 떠올려 봐도 인상이 불쾌한 사람은 없다. 주문 받으러 오는 아저씨, 시장 사람들, 즉 평소에 만나는 '동네 사람' 중에서도 인상이 불쾌한 사람은 떠오르지 않는다.

한번 생각을 시작하면 그 생각만 하는 나는 그날 밤이 되어서도 불쾌한 인상에 대해 생각했다.

가모카 아저씨가 마침 술을 마시러 왔기에 물어보기로 했다.

내가 궁금한 건 인상이 불쾌한 남자가 꾸린 가정의 모습이다. 그런 남자들도 가정이 있겠지. 아니, 인상이 불쾌한 남자일수록 반드시 가정이 있기 마련이다. 인상이 좋은 남자는 가정이 없어서 인상이 좋은 걸 수도 있다.

그리고 또 인상이 나쁜 남자는 가정이 있기 때문에 인상이 나빠진 걸 수도 있고, 원래 안 좋았던 인상이 더 나빠진 걸 수도 있을 것이다.

"인상이 불쾌한 남자도 제 가정은 위할까요?"

나는 아저씨한테 물었다.

"이 세상 남자란 남자 모두 제 가정은 애지중지하겠죠."

아저씨는 복어회와 히레자케 때문에 기분이 좋아 보였다. 이럴 때 아저씨의 표정을 보면 인상이 좋다고까지는 말 못해도 그럭저럭 나쁘지 않다고 할 수 있다. 도토리 같은 눈이 빛난다.

"가정을 애지중지한다는 건 아내를 말하는 건가요?"

"아니요. 아내는 가정 안에서 덤 같은 존재입니다."

"그럼 아이를 사랑하는 것 말인가요?"

"아이는 뭐……. 솔직히 말해서 남자는 딱히 아이를 귀여워하지도 않습니다. 어찌 할 수 없다는 게 솔직한 심정이죠. 그 점은 여자와 다릅니다. 하지만 아이와 아내 대강 뭉뚱그려서 '가정'이라고 한다면, 애지중지한다고 말할 수 있습니다."

"잘 이해가 안 가는데요."

"모르시겠죠."

아저씨는 싱글벙글한다.

"그럼, 남자는 아내 자체를 사랑하지 않는다는 거네요. 가정에 있으니까 사랑한다는 거죠?"

"뭐, 말이 그렇게 되나요. 그렇기 때문에 처자식 있는 몸으로 다른 여자와 연애를 하고 아무리 그 여자가 아내보다 좋아도 결국 그 여자한테 갈 수 없는 겁니다. 그건 모두 '가정'을 사랑하기 때문이죠. 그 '가정'이란 울타리 안에 어쩌다 보니 아내와 아이가 들어와 있다. 분석하면 이렇습니다."

이야기가 이렇게까지 되자, 인상이 좋고 나쁨과 상관없는 문제가 되었다. 남자의 마음은 이해할 수가 없다. 아내를 아내로서 사랑하지 않는다면 그렇게 애쓰지 말 걸 그랬다고, 여자는 모두 이렇게 생각하지 않을까.

"아니요. 남자가 여자를 사랑하고 부모가 자식을 사랑하는 것은 자연스러운 일입니다. 그 반대는 부자연스러운 거라고 석가모니가 말씀하셨지요. '가정'을 포함하여 이야기해도, 남자가 여자를 위하는 것은 여자가 남자한테 잘하는 것보다 훨씬 자연스러운 겁니다."

아저씨는 당황하며 말했다.

○

여자의
심플 라이프

나는 매년 더 심플한 삶을 살아가리라 다짐했지만, 이번에는 새 집에서 첫 설을 쇠게 되어서 가가미모치*와 오세치**를 남들 하는 만큼 장만했다. 하지만 조림 음식은 내가 만들지 않았다. 다른 사람이 만들어 준 것을 담아내기만 했다.

그래도 오세치에 들어가는 조림은 꼭 남기 마련이라서 사나흘이 지나면 한소끔 끓여서 식힌 다음 냉장고에 보관해야 한다. 어쩔 수 없이 하게 되는 집안 살림은 결국 내 차지인 것이다.

그렇다고 올해 처음 해 보는 것은 아니다. 여태껏 계속해 왔고

* 일본에서 설날에 신불에 바치는 떡.
** 일본의 설날 음식.

최근 삼사 년 동안은 이것이 싫어서 여행을 다닌다.

오랜만에 설을 쇠자니 참으로 번거롭다. 결국 부엌에 얽매이고 만다.

애당초 '설'을 안 쇠면 심플하고 좋을 텐데 싶다. 연하장은 받기만 해서 죄송하지만, 몇 년 전부터 보내지 않게 되었다. 매년 연말까지 빠듯하게 일에 쫓기느라 잠도 편히 못 자는 터라 연하장을 쓸 여유도 없다.

'설'을 안 쇤다고 생각하니, 문득 '장례식'도 안 했으면 좋겠다는 생각이 든다. 결혼식도 그렇다.

그렇게만 되면 꽤 숨통이 트일 것이다.

상상만으로도 즐거워 술 한잔하며 생각한다.

장례식을 하지 않으면 훗날 제사도 안 하게 될 것이다. 관혼상제라는 관습, 인사, 예법 전부 모조리 없애 버리면 얼마나 홀가분할까.

진심으로 슬프거나 기쁜 사람만 그 마음을 전하러 가면 되는 것이다.

의리 따위 없는 편이 낫다. 옛날에 학생운동을 하다 물러난 젊은이가 지금은 서른이 넘어서 어엿한 사회인이 되어 관혼상제라는 관습으로 속앓이를 한다. 그 모습을 보면 너무 우스워서 배가 뒤틀릴 정도다. 제발 웃기지 좀 마라. 젊었을 때 혁명 놀이를 하던 인간이 지금은 관습과 겉치레에 그리도 까다롭게 굴다니. 이건 '배반'이라고 봐야 하지 않을까.

결혼으로 얽힌 인척간의 분쟁도 싹둑 잘라 버려야 한다. 아내는 있어도 며느리란 것이 사라지면, 이 나라는 새날이 온 것처럼 밝아질 것이다.

"그렇죠, 아저씨? 이것이야말로 이상적인 사회 아닐까요? 초여름 날파리 같은 온갖 도깨비가 깨끗이 사라질 거예요. 여자 된 도리라는 도깨비, 현모양처·착한 며느리라는 요괴, 가부장이라는 괴물과 세대주라는 허깨비, 남편이라는 요물, 손아래·손위·시댁·처가라는 원령 따위 전부 날려 버리는 거예요. 그럼 심플하고 좋지 않을까요? 그 시초를 관혼상제와 설날을 그만두는 것으로 하고요. 다른 사람한테도 가지 않고 저도 하지 않는 게 어떨까요."

처음에 가모카 아저씨는 손으로 마음 심 자를 그리며* 술을 받아 쭉 들이켜고 내가 하는 말에 말없이 고개를 끄덕이기만 하다가 서서히 입을 열었다.

"그 말에는 찬성합니다만……."

"맞죠? 그렇죠? 특히 여성들이 찬성할 거예요. 이런 속박이 여자를 얼마나 힘들게 하는데요."

* 스모에서 우승자가 상금을 받기 전에 취하는 동작. 조물주에 대한 존경을 나타낸다.

"아니, 여자들이 불만을 터트릴 겁니다."

아저씨는 히죽 웃었다.

"여자는 이 세상의 속박이나 사회 관습 같은 걸 무척 좋아합니다. 그것이야말로 여자 삶의 보람이거든요. 그 외에 보람이라고는 전혀 없습니다."

"그런가요?"

"그거야, 당연하죠. 장례식에서는 검은 옷을 입는다, 불교 신자는 염주를 가지고 다닌다, 이런 룰을 위반해 보십시오. 여자들 모두 들고 일어나 비난합니다. 결혼식, 장례식 관습을 설명하고 또하고, 혹은 틀린 것을 지적하고 수정해 줄 때 여자의 그 반짝이는 얼굴. 그게 여자 인생의 보람이랍니다."

"그런가요. 남자도 그렇잖아요."

"뭐, 남자도 그렇기는 합니다만, 압도적으로 여자가 더합니다."

아저씨는 잠시 감았던 눈을 뜨면서

"남자들은 모두 속으로 심플하게 살고 싶어 합니다. 번거롭기만 하고 별 필요도 없는 절차 따위 안 하면 안 되나 생각해요. 하지만 여자가 승낙해 주지 않습니다. 특히 중년 부인과 노년 부인이 까다로워요."

"하지만 관습에 얽매여 고생하는 건 여자라고요."

"그렇다 해도 그것을 지키지 않는 사람이 나타나면 눈에 쌍심지를 켜고 지탄하는 것도 여자입니다."

"저라면 안 할 거예요."

"말은 그렇게 하시지만, 이른 아침부터 수금하러 온 사람한테 일진 사나워지게 왜 이렇게 일찍 오셨냐고 호통치신 적 없으신가요?"

"있어요. 저는 장사꾼 딸이잖아요. 아침부터 수금하러 오면 소금을 뿌리고 싶어지죠."

"그거, 그 소금 뿌리는 것도 관습이지 않습니까. 하여간 관습은 혼자 만들고 혼자 힘들어 하고. 그러니까 안 지키는 사람을 보면 비난하는 겁니다. 이게 바로 남녀 불문한 인간이라는 것입니다."

"힘들까요? 심플 라이프란 무리일까요. 그래도 옛날에 비하면 점점 간소해지고 있기는 한데."

"무슨 말씀! 다른 속박이나 규정이 마냥 늘어나고 있습니다."

"그럼 어떻게 하면 될까요."

"깜박했다고 하면 됩니다. 관습이나 규칙을 알고 있었는데 안 했다고 말하면 모난 사람이 되잖아요. 모른다고 하면 가르치려 들 테니, 깜박했다고 하세요. 그럼 거기서 끝납니다. 관습을 깜박하고, 친척 얼굴을 깜박하고, 친정과 시댁을 깜박하고……."

"설날을 깜박하고……."

"돈벌이도 깜박하고 이따금 술만 떠올리면 됩니다. 이것이 바로 심플 라이프예요."

설날의 밤하늘이 맑아 달과 별이 촘촘하게 떠 있었다.

○

옆에 있는
사람

최근 주부들의 연애가 왕성하다고 한다. 여성지에서 저마다 특집으로 다루고 있다. 어떤 의미에서 이는 엄청난 일이다. 주부의 의식 혁명은 깊고 조용히 행해지기 때문에 남자들은 알 수 없다.

아내들의 '마음이 변하고 있다'는 사실의 어마무시함에 비하면, 남자들의 뉴라이트나 뉴레프트처럼 말만 번지르르한 논의 따위 아무것도 아니다. 당신들 발밑의 모래가 서서히 꺼지고 있다고요! 이 문제로 정치든 경제든 모두 뒤집힐 수 있다. 이게 지금 바로 여성 문제를 '최우선'으로 해결해야 하는 이유다.

나 혼자 기염을 토하며 술을 마시는데, 가모카 아저씨는 태연하다.

"뭐, 남자들 발밑의 모래가 꺼지고 있기는 하지만, 그와 동시에 그 남자들이 또 다른 집 아내들의 연애 상대가 될 것 아닙니까. 한편으로 남자들도 분발하겠죠. 그 정도는 돼야 남자도 활기가 생기고 살맛도 날 것 아닙니까. 소생도 '청년 A' 같은 이름으로 바꾸고 열심히 해 볼까 봐요. 언제까지 '가모카 아저씨'일 수는 없지 않습니까. 그러다가 아름다운 뉴서티, 뉴포티* 여성들과 좋은 기회까지 잡을 수 있을지 누가 알아요."

아저씨는 흐뭇하게 웃는다. '청년 A'라니 무슨 소리야. 이 아저씨는 정말 말로는 못 당해.

"그런데 바람과 연애의 차이점이 뭘까요?"

나는 말했다.

"횟수나 시간으로는 구별할 수 없어요. 단 한 번의 진지한 사랑도 있다면, 비교적 긴 세월 유지되는 바람도 있으니까요."

"상대가 바뀌면 바람, 바뀌지 않으면 연애라는 건가요? 그럼 남편과의 관계가 '연애'가 돼 버리지 않습니까. 이건 부적당합니다."

"바로 들키면 바람, 들키지 않으면 연애라고 하는 건 어때요?"

나는 아내들의 기분을 상상하며 말했다. 바람에는 방심이란 게 있다. 자신도 모르게 경계심이 풀려 남편과 아이가 '수상하다!'고 여기면 꼬리를 잡히는 것이다.

---

* 중년이 된 일본 베이비붐 세대를 지칭하던 말로, 삼십대는 뉴서티, 사십대는 뉴포티라고 불렀다.

하지만 진지하게 하는 연애라면 세심하게 주의를 기울이지 않을까? 이 사랑만큼은 다른 사람에게 비밀로 하고 싶어. 남편에게는 더더욱! 이란 생각에 훨씬 신경 쓸 것이다.

"따라서 연애할 때는 들키지 않을 거예요."

"글쎄요. 여자는 의외로 슬쩍 흘릴 때가 있지 않습니까. 마음이 들뜨면 말하고 싶어서 못 배기잖아요. 좋은 일 있으면 다른 사람한테 자랑하고 싶어서 어쩔 줄 몰라 하는 성향이 있습니다. 그래서 여자는 바람피울 때 비밀을 지킬 거예요. 연애할 때일수록 말하고 싶어 할 거고요. 진심으로 좋아하게 되면 오히려 금방 들키지 않을까요? 다만 이것은 여자의 경우입니다. 남자는 달라요."

"어떻게 다른가요?"

"남자는 바람피우든 진심이든 내뱉지 않습니다. 침묵을 지킬 수 있어요. 비밀을 지키죠. 비밀을 고백했을 때 상대방이 받을 충격을 헤아려 꾹 참습니다. 아무리 말하고 싶어도 입술을 꾹 깨물며 참아요."

아저씨는 어깨를 쭉 펴며 자랑했다.

"옛날에는 그랬죠. 전쟁 전에는 그런 남자가 있었어요."

나는 차갑게 말한다.

"기쿠치 간이나 요시야 노부코의 소설을 보면 그런 남자가 나와요. 하지만 요즘의 남성은 닥치는 대로 떠들어요. 꾹 참는 법을 모른다니까요. 조금만 캐물으면 술술 떠들어 대며 자랑하고 싶어 하고 우쭐거리며 얘기하지 못해 안달이죠. 여자는 가만히 있는데, 남자가 떠벌려서 들키는 경우가 더 많을걸요."

"이야기가 그렇게 되면, 저로서는 아무 말도 할 수 없습니다. 결말이 안 나요. 그건 그렇고 주부라고 한 이상, 남편이 있지 않겠습니까."

"맞아요. 그러니까 사회문제가 되는 거예요."

"남편이 있는데 다른 남자한테 마음을 빼앗긴다는 게 이해가 안 갑니다."

"남편이 재미없으니까 그렇겠죠."

"남편이 재미있어야 한다는 건 문제가 아니잖습니까. 남편을 재미없는 남자로 만드는 게 아내예요. 남편도 다른 여자와 있을 때는 재미있는 남자일지도 모릅니다."

"뭐 그럴 수도."

"남편이 재미없다고 해서 남편 책임으로 떠넘기는 건 괘씸합니다."

"뭐 그럴 수도."

아저씨는 이 세상 모든 남편을 대신해 분노한다. 나는 마누라, 아내, 주부의 편이다.

"하지만 남편에게 없는 매력을 다른 남자에게 발견하고 끌리게 되는 여자의 마음을 함부로 깎아내리지 마세요. 마누라 마음을 꼭 붙들어 매지 못하는 어느 정도의 잘못이 있다고요."

"그건 그렇지만 그 매력 있는 남자도 집에 돌아가면 누군가의 남편 아닙니까. 그 아내가 볼 때는 그 남편이 재미없는 남자일지도 몰라요."

아저씨는 말했다. 우리 두 사람은 모두 고개를 갸우뚱했다.

"그런 말씀이시군요……."

"그럼 어떻게 되겠습니까. 항상 곁에 있는 사람, 옆에 있는 사람이 봤을 때 재미가 없다는 것은 숙명적 비극입니다."

옆에 있기 때문에 사이가 좋고, 언제나 함께여서 매력적으로 보인다면야 더할 나위 없이 좋겠지만, 늘 붙어 있으면 점점 흥미가 떨어지게 되는 게 인간의 업보다. 그러다 결국 다른 쪽으로 눈이 돌아가고 눈이 간 곳에서 만난 남자는 자기 집에 돌아가면 또…….

"알겠어요. 남자든 여자든 인간이라면 누구나 '옆에 있는 사람을 그리 좋아하지 않는 경향'이 있다는 말씀이시죠?"

나는 따끈하게 데운 술로 건배를 했다. 무엇을 위한 건배인지 모르겠지만.

○

양심은
나쁘다

"허참, 최근에 여러 가지 알게 된 것들이 많아. 쉰이 넘으니까 발
견할 일도 많아지는가 봐."

친구가 말했다. 이 친구는 지극히 평범한 남자 샐러리맨이다.

"첫 번째는 내가 지식인이 아니었다는 사실이야."

"그건 딱히 놀랄 만한 발견도 아니네."

나는 말한다.

"나도 그렇게 생각 안 하는걸."

"소생도 그런 생각 안 해 봤습니다."

라고 가모카 아저씨가 말했다. 아저씨는 이어서

"쉰 넘어서 자신이 정말 지식인이라고 생각하는 사람이 있다면,

그게 더 이상합니다.”

“뭐, 그렇기는 하지만 이번에 느낀 게 많아요.”

친구는 소주에 뜨거운 물을 섞은 뒤 천천히 마시며 말했다. 이 친구에게는 고등학생 아들이 있는데, 집에서 폭력을 휘두르는 경향이 있다고 한다. 그래서 전부터 고민이 많아 어느 상담소 문을 두드렸다.

그리하여 어느 선생의 이야기를 듣게 됐는데, 그 선생은 비행청소년 문제 전문가다. 그는 친구 이야기를 묵묵히 들어 주었다. 정말 고마웠다고 한다. 그러고 나서 처방전을 써 주셨는데, 첫째도 둘째도 아버지의 역할이 중요하다고 했다.

“아버지가 제대로 하지 않으면 안 돼요. 아버지가 자식을 휘어잡고 있어야 합니다.”

그럴지도 모른다.

요즘 《마이니치신문》이 집단 따돌림에 대한 캠페인을 하고 있는데, 그와 관련된 사연을 모집한 결과 엄청난 양이 투고되었다고 한다. 그중 아버지로부터 온 것은 2퍼센트 정도로, 교육에 대한 아버지의 관심도가 매우 낮다는 것을 알 수 있었다고 기사에 쓰여 있었다.

“하지만 남자는 바쁘잖아요.”

라고 친구는 변명했고 그 선생님은 이렇게 말씀하셨다고 한다.

"아이가 폭력을 휘두르거나 폭언을 내뱉으면 그 순간 아버지가 맹렬히 일어나 결연하게 혼내셔야 합니다."

아들 녀석이 힘이 세서 오히려 본인이 쓰러질지도 모른다고 했더니

"괜찮습니다. 그래도 기력과 기백으로 맞서야 합니다. 표정을 바꾸고 맞서야 해요. 목숨 걸고 마주하세요. 아버지시잖아요."

"어휴, 지식인의 통폐랄까요. 표정을 바꾼다든가 목숨 거는 걸 잘 못해서…."

그렇게 말하자 선생님은 당당히 말했다.

"진짜 지식인이라면 표정을 바꿀 수 있습니다!"

그 말을 듣고 친구는 그럼 난 가짜 지식인이었단 말인가 곰곰이 생각하게 됐다고 한다.

이 친구는 집안 분위기가 험악해지면 조용히 도망치는 편이다. 그리고 아들이 스스로 극복해 주기를 뒤에서 기도하는 부류다.

"아, 저도 그런 면이 있습니다. 다들 진짜 지식인은 아니로군요."

아저씨도 그렇게 말했다.

한편 친구의 두 번째 발견은 '양심은 나쁘다'는 점이라고 한다.

"내가 지금까지 엄청나게 고생한 게 양심이 있어서라는 사실을 어느 날 문득 깨달았어. 양심 때문에 이제껏 꽝만 뽑은 거고 가난

운이 항상 따라다녔던 거야."

친구는 멍한 표정으로 말했다.

"애초에 마누라만 봐도 그래. 그 사람이랑 결혼만 안 했어도 괜찮았을 텐데. 하지만 어쩌다 보니 그렇게 흘러가 버렸어. 결혼 직전에 마음이 안 내켜서 몇 번이나 그만둘까 생각했다고. 하지만 양심이라는 놈이 방해를 하는 통에 결혼하고 말았지 뭐야."

"부인도 분명 그렇게 생각했을걸."

나는 딴지를 걸었다.

"그럴지도 모르지. 하다못해 길에 물건이 떨어져 있어도 슬쩍 하지도 못하지, 거짓말을 해서 탈세도 못하지, 속이 훤히 드러나는 아첨 같은 것도 못하지. 요즘 정말, 이 양심이란 녀석이 점점 버거워지기 시작했어. 이것 때문에 지금까지 내가 가난 복권만 뽑은 거구나, 나이 오십 넘어 어느 날 아침 문득 그런 생각이 들더라니까!"

이 친구는 늘 어느 정도 피해자 의식이 있고 마조히스트 성향이 있었지만, 지금은 큰 진리를 발견했다는 기쁨 때문에 얼굴에 생기가 넘치고 반짝였다.

원래 속은 밝은 사람인지도 모른다. 아니면 술 때문일지도 모르고.

우리는 건배한다.

"양심. 이 악한 것! 양심 따위 없는 게 나아."

"없는 편이 낫다고 하는 건, 지금까지 너무 가지고 있어서 그런 거야."

"당연하지."

"인간은 낯이 두껍고 뻔뻔하고 비호감인 편이 나아."

"그렇지."

"그래야 진짜 지식인이지."

"맞아."

"악으로 악을 제압한다 정도가 바람직해."

"양심이 있으면 인상도 궁상맞아지는 것 같아."

친구는 진심으로 토로한다. 그러고 보니 옛날 《무타마가와武玉川》에 '거짓말이 싫어서 얼굴이 섭섭하다'라는 구절이 있었다. 이 말도 재미있는데, 친구가 말한 "양심이 있어서 인상이 궁상이다"라는 구절 또한 너무 웃긴다.

"저는 서민의 행복을 생각하기 때문에 늘 가난 복권을 뽑았습니다."

아저씨는 말했다.

"타인의 행복을 먼저 생각하는 사람은 평생 출세 못해요."

"다른 사람의 행복 따위 생각하지 말자고요."

* 에도시대 중기의 통속 하이카이(俳諧) 선집.

셋이서 또 건배한다. 그런데 "생각하지 말자고요"라고 말했다는 것 자체가 지금까지 너무 생각했다는 의미다.

"맞아요, 맞아."

아저씨는 잔을 내려놓으며 말했다.

"양심이 나쁘다는 사실은 젊은이들한테 비밀로 합시다. 쉰 이상만 아는 이야기로 하자고요."

○

주부의
5월병

주부의 5월병이라는 말이 있다는 것을 처음 알았다.

신문 투고란에서 봤는데, 올봄에 아들(딸인 경우도 있다)을 도시로 멀리 유학 보내고, 엄마(라고 해 봤자 사십대)가 허전한 마음에 아들 방에 들어가 아들이 두고 간 물건을 보면서 하염없이 눈물을 뚝… 뚝… 흘리는 것이라고 한다.

그러다 아들한테 소녀 감성의 편지를 끊임없이 보내고, 결국 참다못한 아들이 한마디 한다.

"나 잘하고 있으니까 엄마도 걸핏하면 울지 말고 털어 내고 일어나요. 취미 활동이라도 찾아서 하시고요."

그렇게 아들에게 버림받는 처지가 된다.

그런 말을 하는 아들이 믿음직스럽기도 하고 섭섭하기도 해서 뚝… 뚝….

'나 같은 건 이제 쓸모없나 봐?'

이런 생각에 가벼운 우울증이 오고 밥하는 것도 내키지 않고 아침저녁으로 멍하니 생각에 잠기는지라, 결국 다른 아이(손아래 형제자매도 있는 모양인지)에게 싫은 소리를 듣는다. 하지만 집 떠난 아들(딸)을 생각하면 또 우울…….

이것을 주부의 5월병이라고 한단다. 5월 6일 자 신문들을 보니까 각 신문 부인란에 실린 이런 종류의 투서가 한두 건이 아니다.

그런데 이런 종류의 글을 보면 약속이라도 한 것처럼 남편의 그림자가 드리워지는 경우가 없다. 하지만 미망인이나 미혼모가 아니라는 증거라는 듯 하나같이 주부라고 쓰여 있다.

왜 이런 글에 '남편'이나 '아버지'가 등장하지 않는 거야!? 왜!

그리하여 오늘 아침 막 잠에서 깨려고 하는 찰나, 하늘의 계시처럼 순간적으로 어떤 생각이 들었다.

애초에 여자한테 남자는 필요 없었던 거야! 아이만 있으면 되는 종족이었어! 맞아, 그렇게 생각하면 여자의 수수께끼가 저절로 풀려.

나는 그런 생각을 하면서 상쾌하게 자리에서 일어나 세수했다. 그 사이에도 생각은 계속된다.

옛 도덕에서는 아이에게 효행을, 아내에게는 남편에 대한 정숙과 봉사와 헌신을 강요했다. 사실 이들 모두 본능에 가장 반하는 행위인지라 엄하게 가르쳐야 했을 것이다. 걸핏하면 아이와 여자가 하늘하늘 떠나가려고 했기 때문이리라.

부모가 자식을 사랑하는 것은 자연의 본능일지 모르지만, 자식이 부모한테 효도하는 것은 인공적 노력을 요하고, 나아가 아내가 남편에게 헌신하는 것은 인위적 노력을 요한다. 그렇게 봤을 때 여자는 궁극적인 부분, 즉 먹이를 날라다 주는 것에서만 남자의 가치를 인정한다는 것, 이것이 극히 자연스러운 모습일지도 모른다. 사이가 좋은 남편과 아내도 있겠지만, 그런 사람들은 어쩐지 《이십사효》*에 나오는 본보기와 비슷하다. 인간의 본능상, 뭔가 무리를 하고 있을지도 모른다.

"그 무리라는 게 바로 인류의 교양일지도 모릅니다."

가모카 아저씨는 내 생각, 그러니까 여자에게 애초에 남자가 필요 없지 않았나 하는 의문에 공명한다고 말했다.

아니, 예전에 본인도 그렇게 생각했다고 한다.

"하지만 그렇게 되면 근대 문명에 뒤처지기 때문에 억지로 부부라는 형태를 만든 겁니다. 무리해서 본능을 교정하는 것이 인간의 교양이라 여겨지고 있어요."

---

* 중국의 유명한 효자 스물네 명을 다룬 교훈서.

"일본인이 아이와의 끈을 놓지 못하는 것도 서양인보다 본능에 충실하게 살고 있기 때문일지도 모릅니다."

장마로 썰렁한 오늘 밤에는 술을 데워서 갯장어 매실초무침이란 걸 먹고 있다. 튀긴 두부를 석쇠에 구워 간장과 생강즙을 살짝 친 안주가 장맛날 밤과 어울린다. 거기에 따뜻한 국수 한 그릇.

"아, 아무리 생각해 봐도 여자는 아이와 돈만 있다면 남자가 필요 없는 것 같아요. 옛날부터 그런 예감이 들었는데, 그래도 설마라는 한 가닥 희망을 품고 이제까지 살아왔습니다. 하지만 오세이 상까지 그렇다고 하니, 이제 희망의 끈이 뚝 끊어졌습니다."

아저씨는 토로한다.

"역시나 그랬군요. 현실은 냉정하지만 그렇다고 도망쳐서는 안 됩니다. 냉엄한 현실을 똑바로 봐야 합니다……."

"유감이지만 아무래도 그런 것 같아요."

나는 냉정하게 말한다.

"뭐, 저는 아이가 없어서 잘 알 것 같아요. 자식론·교육론은 아이 없는 사람이 논하고, 부부론은 독신이, 소설 작법은 소설가가 아니라 독자가 써야 한다는 게 제 지론인데요, 여자에게 원래 남자는 필요 없었다는 진리 역시 남자와 사는 여자가 깨닫기 쉬운 법이랍니다."

나는 이 진리를 발견하고 뛸 듯이 기분이 좋았다.

"흠, 그러고 보니……."

아저씨는 술잔을 내려놓고 자세를 바로 잡는다.

"소생도 남자의 진리를 깨달았습니다. 본래 여자는 아이만 있으면 남자 따위 필요 없는 종족이지만, 남자는 여자가 없으면 절대 살아갈 수 없는 종족입니다."

"그거야 분명 그렇죠."

나는 끄덕인다.

"남자 혼자 남는다는 건 정말 가엽고 애처롭기는 해요. 저는 요즘 그런 생각이 들기 시작했어요. 모든 남자가 가련하다. 사랑해 줘야 하고 가여워 해야 한다. 그렇기 때문에 함께 있어 주는 거잖아요. 여자들 모두 마음속으로 그런 기분일 거예요."

"남자가 여자 없으면 못 사는 건 맞습니다. 하지만 늘 같은 여자가 아니어도 됩니다. 음, 그러니까, 매번, 다른 여자여도 괜찮다, 라는 뭐 그런……. 이것이 본능이고 진리입니다만, 그렇게 되면 근대 문명과 너무 동떨어지니까 억지로 본능을 부여잡고 한 여자로 만족하는 겁니다. 그것이 바로 근대 문명 남성의 실태라고 할까요. 역시 문명이라는 것은 어딘가 무리가 있습니다."

아저씨는 말했다.

주부의 5월병을 비웃는 것은 본능을 비웃는 것이리라.

○

한마디로

경로의 날에 지인이 이런 이야기를 해 주었다. 그가 근무하는 출판기관에서 소설을 모집했는데, 옛 작가가 투고를 했다고 한다. 책도 몇 권인가 냈고 인기도 있었던 사람이다.

"잠깐 쉬고 있었는데, 다시 쓰고 싶어졌네."

지인에게 전화를 걸어 그렇게 말했다고 한다. 지인은 그 작가와 그리 친분이 있는 건 아니었지만, 알고 지낸 지는 꽤 오래되었다. 신인을 모집할 생각이었는데 기성작가가 응모할 줄이야. 내심 당황했지만, 이 작가의 예전 작품이 재미있었기에 기대감도 있었다.

"이것 참, 어디 보자."

라며 투고 작품을 1차 심사위원에게 읽어 달라고 부탁했다. 그 사람은 요상한 표정을 지으며 지인의 사무실로 원고를 들고 왔다. 아무 말도 하지 않는다. 지인은 그 작품을 읽어 본다. 지인 또한 표정이 점점 요상해진다. 눈을 비비고 두 번 세 번 읽는다. 앞 페이지를 왔다 갔다 하며 책장을 넘긴다. 말도 안 된다 생각하면서도 혹시나 하는 마음에 첫 페이지부터 다시 읽기 시작한다. 그의 표정이 더욱 요상해진다.

그때 예의 그 옛날 작가로부터 전화가 걸려 온다.

"어떤가. 읽어 보셨는가. 새로운 감각이 좀 보이지? 모르긴 몰라도 젊은 사람보다 내 것이 훨씬 새로울 거네."

"예……."

"심사위원이 누구라고 했지? 이 감각을 이해할 수 있으려나. 발표는 언제쯤 하지? 수상식 즈음에 해외여행 갈지도 모르니까 일찌감치 귀띔으로라도 일정을 알려 줬으면 좋겠는데."

이걸 어째. 지인은 진땀이 났다. 어떻게든 둘러대고 전화를 끊었다. 담당자들과 회의를 했지만, 모두 어떤 말도 나오지 않는다. 그때 가장 젊은 담당자가 들어왔다. 이 사람은 요즘 사람이라서 이 노 작가의 이름조차 모른다.

"아, 그 작품은 안 돼요. 전후 관계도 엉망진창이고 이상해요. '한마디로' 지리멸렬합니다."

그는 그렇게 말하면서 투고 원고를 휴지통에 툭 던져 넣었다.

아아, 이건 내 미래의 모습일지도 몰라. 이 이야기를 듣고 나는 지인에게 내가 나중에 투고하거든 '한마디로' 뒤에 어떤 말이 붙었는지 직접 이야기해 달라고 부탁해 두었다. 하지만 막상 그때가 되고 담당자로부터

"한마디로 엉망진창이에요."

라는 연락을 받는다면, 불같이 화를 낼지도 모른다. 늙음이란 참 어려운 것이다.

본인 작품이 '한마디로'가 붙을 정도라는 것을 스스로 깨달으면 좋겠지만, 아무래도 쉬이 그렇게 될 수는 없을 것 같다.

남들은 '한마디로' 뒤에 어떤 말이 붙었는지 말해 주지 않는다. 설령 해 준다고 해도 내가 받아들이지 않을 테니 별수 없을 것이다. 만일 "한마디로 자네 노망이 났어"라는 말을 듣게 된다면, 울컥 치밀어서 오히려 상대방을 비난, 공격하고 몇 번이고 화를 낼 것이다. 그렇게 되면 더는 손쓸 방도가 없다.

그러다 보면 무엇 때문에 화를 내는 건지조차 잊어버리고 만사에 마음이 언짢아질 것이다.

하필 그때 나를 찾아온 사람은 괜한 날벼락을 맞게 된다.

상대방은 호의로 "어떻게 지내십니까?"라며 두 홉짜리 술 한 병을 들고 찾아 주었는데, 나는 술을 마실수록 과격해져서 시대를 욕하지 않나, 젊은이에 대고 불같이 화를 내며 눈을 치켜뜬다.

"술! 술! 술 사 오란 말이야!"

결국 누군가가

"제발 이쯤 하시는 게 어떠세요?"

라고 말리면 그 말에 더욱 난폭하게 군다. 더는 못 참겠다며 손님은 도망쳐 버리고, 나중에는 혼자서 중얼거리다가 그 자리에서 잠들어 버린다. 한밤중에 춥고 목이 말라 눈이 떠지고 비틀비틀 물을 퍼 마시며 술을 깬다. 그런데 그 와중에도 여자이긴 한 터라 내친김에 거울이든 유리창이든 얼굴을 비추어 보며

'몰골 한번 대단하네……'

라는 성찰은 한다. 그 점이 아저씨와 아줌마의 차이다.

하지만 그렇다고 해서 미용에 좀 더 신경을 써야겠다는 마음은 들지 않는다. 슬리퍼를 신고 덥수룩한 머리에 밴드 대신 허리끈을 두르고서도 아무렇지 않게 거리를 활보하고, 자신이 아무렇지 않으니 타인도 아무렇지 않을 거라고 생각하는 듯하다. 하지만 이는 다른 사람이 "한마디로 당신, 늙고 추해"라는 말을 해 주지 않기 때문이다.

'한마디로'에 대한 성찰이 부족한 나는 대중식당으로 들어간다. 그때 즈음이 되면 노인을 대상으로 한 저렴한 식당 체인이 생겼을지 모른다. 노인을 대상으로 한 간이식당 같은 게 있어서, 나는 그곳에 들어가 항상 똑같은 메뉴를 먹고 나 하고 싶은 대로 편하게

있는다.

기침이든 재채기든 뭐든지 내 마음 내키는 대로 하겠지.

"한마디로 예의가 없어."

라고 말해 주는 이가 없으니 음식 위에 엣취!를 해도 아무렇지 않을 것이다.

"한마디로 추접스러워."

라고 말해 주는 사람이 없으니 콧물, 침, 눈물이 뒤섞이고 트림까지 섞인다. 덜덜 떨리는 손으로 잔돈을 세며

"오늘은 대접이 나쁘네. 가게 서비스가 왜 이렇게 안 좋아. 옛날 오사카 장사꾼들은 얼마나 대접이 좋았다고. 요즘 젊은 것들처럼 했으면 바로 목 날아갔어."

라며 밉살스러운 말을 내뱉고 가게를 나선다.

"한마디로 까다롭다."

라는 말을 아무도 하지 않으니까 나는 어슬렁어슬렁 거리를 걸을 것이다. 건너편 사람이 나를 피해 지나가는 게 당연하다. 누가 뭐라고 해도 나는 노인이라며 길 한가운데를 차지하고 어슬렁대는 것이다.

모든 사람이

"한마디로 콱 고꾸라져 버려라."

하고 생각할지 모르겠지만……

"이야, 그것 참 괜찮은 말년입니다."

가모카 아저씨는 말했다.

"'한마디로'라는 말을 해 대는 사람 역시 구린 인간입니다. 그렇다면 그 또한 노취老臭라고 할 수 있겠죠."

○

망연히
마시는 술

"앗, 정말 안 마십니다. 술 끊었어요."

　일전에 이렇게 말하는 남성을 두세 명 만났다. 그중 젊은 남성은

"생각해 보면 사실 저는 그렇게 술을 좋아하지 않았어요. 대학 다닐 때는 친구가 마시니까 아무 생각 없이 마셨고, 회사에 들어가게 된 다음에는 인맥 때문에 마셨죠. 끊어 봤는데 전혀 힘들지 않아요. 술 안 마시고 며칠이고 있을 수 있어요."

　그럼 또래 친구들과는 어떻게 노는지 물었더니

"아, 마작 하는 친구가 많거든요."

　직장에서 술 마실 일이 있으면

"우롱차를 섞어서 슬쩍 넘어가요."

어휴, 나는 이런 사람과 함께 마시기 싫다.

다른 중년 남자는 말한다.

"술을 끊었더니 식사 시간이 짧아졌어요. 저는 밖에서 마시기보다 집에서 반주로 마시는 편이었거든요. 그런데 술이 없으니까 식사 시간이 얼렁뚱땅 끝나더라고요. 그래서 남은 시간에 여러 가지를 할 수 있게 됐어요. 생각해 보면 실로 엄청난 시간을 버리고 있었던 거죠. 술 마시는 시간은 정말 쓸데없어요."

본인이 그렇게 납득하신다면야 내가 알 바는 아니지만, 이야기를 듣다 보니 조금 슬퍼졌다.

'헛된 일 하나 하지 못하니 이 또한 슬프도다'(하나요이花宵)라는 단시도 있듯이, 그 잠깐의 시간이 남으면 얼마나 되겠느냐고 말하고 싶지만 그렇게 따진다 한들, 음주혐오권의 목소리가 높아짐에 따라 스르르 밀려나다가 이내 사라질 것이다.

"아니, 몇 번을 말씀드리지만, 술은 사라지지 않습니다."

가모카 아저씨는 단언한다.

"술은 인류와 함께해 왔으니까요. 태곳적부터 인간은 술을 발명했습니다. 저는 술이 아니라 여성혐오권에 대해 한마디 하겠습니다."

뭐라고? 아저씨는 옛날부터 여자 편임을 표방해 왔잖아?

"지금도 여자 편이긴 합니다만, 요즘 여자들 해도 해도 너무합니다. 다른 사람을 공격할 때 여럿이 달라붙어 어찌나 과격한 말을 해 대는지. 그런 아줌마들 때문에 점점 여자가 싫어집니다."

"그렇다면 아저씨는 옛날 여자처럼 조신하고 참한 스타일이 좋으세요?"

"그 또한 너무 극단입니다."

아저씨는 다시 더위가 찾아온 오늘 밤, 차가운 술을 머금으며 말했다.

"조신한 여자도 싫습니다. 무슨 생각을 하는지 모르거든요. 조신하다는 말은 텅 빈 머리로 싱글싱글 웃고만 있다는 것이나 마찬가지라서 싫습니다. 결혼해서 삼시 세끼 챙겨 먹고 낮잠까지 자는 질펀한 게으름뱅이도 싫고요. 나만 참으면 된다고 생각하는 한 서린 열녀도 싫어요. 남편한테만 의지해서 남편과 헤어지면 바로 길거리에 나앉을 뚝심 없는 여자도 싫어요. 그렇다고 해서 똑 부러지기만 하면 된다는 것도 아니에요. 배려심 없이 징징대는 이기주의자도 싫어요. 요즘 젊은 여자들처럼 예의라고는 찾아볼 수 없는 사람도 싫습니다."

"그러는 남자들은 그렇게 훌륭히 다 갖추셨나 보죠!"

"바로 그 점! 그런 식으로 득달같이 반박하는 여자의 성격이 싫어요. 제가 말하지 않습니까. 이건 여자의 일반론을 말하는 것이지, 오세이 상 개인이 나쁘다고 말하는 게 절대 아닙니다."

이 세상이라는 무대가 삐걱거리는 소리를 내고 있는 것 같다. 머지않아 여자는 주제넘게 나서지 마라!는 풍조가 생기는 것 아닌지 모르겠다.

"아니, 그건 관계없습니다. 그저 요즘 의식 있는 남자들 마음속에 조금씩 여혐권이 생기는 것 같아서 큰일이에요. 그건 흡연혐오권처럼 다른 사람 앞에서 말할 수 없거든요."

앞으로 정말 좋은 여자가 나타날 수 있는 기반이 형성되려면 여자들이 더욱 지독해지고 과격해져야 한다. 언제 한번 아주 나쁜 여자가 나타나서 여자들조차 '이번에는 좀 지나쳤어……' 하는 분위기가 형성됐을 때, 남녀 관계는 지금보다 좋아질 것이다. 이게 내 지론이다. 마음에 안 드는 중년 아줌마가 이 세상에 더욱 넘쳐나길! 화나게 하는 여자들이여, 더욱 많아지길. 동성 친구들이 그 모습을 보고 진심으로 '저렇게 되기는 싫다……'고 생각한다면 머지않아…….

"여자가 그런 성찰을 할 수 있을지 매우 의심스럽지만, 뭐 그렇다고 칩시다. 의식 있는 남자라면 아무도 모르게 마음속으로 '나, 사실은 여자를 그렇게 좋아하지 않아'라고 생각할 겁니다. 인생 살다 보니까 사회생활 때문에 여자를 사귄 거더라, 막상 그만두고 보니까 전혀 힘들지 않더라, 여자 없이도 충분히 잘 살 수 있더라 느낄지도 모릅니다. 하지만 그 무서운 생각을 모두 조심하며 숨기고 있는 거예요. 그에 비해 흡연혐오를 외치는 사람은 무분별하고 무사태평한 사람입니다."

"어머, 그렇다면 저도 본심을 말해야겠어요."

나는 남녀를 묻지 않겠다. 어른과 아이까지 포함해서

"인간혐오권을 주장하겠어요. 동물애호론자로서요."

고베 오지 동물원의 인기 동물인 하마 '데메오'가 9월 15일 새벽에 죽었다. 열여덟 살의 나이로, 인간 나이로 치면 남자 나이 한창 때인 삼십대였다. 하마는 큰 입을 벌리며 하품을 한다. 그런데 하마가 하품할 때마다 인간이 고무공이나 돌을 던져 넣었고, 데메오가 그것을 삼켰다. 소장에 그것들이 꽉 차 있었다고 한다. 데메오의 아버지인 초대 데메오 또한 1967년 6월 25일에 죽었다. 입장객이 입속에 비닐봉지나 대나무 꼬치를 던져 넣어서 이물성 위염으로 죽은 것이다. 나는 그 말을 듣고 인간이 정말 혐오스러웠다. 인간이 만물의 영장이라는 말 따위는 전부 거짓말이다. 하마에게 돌을 먹인 인간이 대신 우리에 들어가야 한다.

"그, 그겁니다. 제가 말하는 여성혐오권 안에는 여자의 지나친 집착도 포함됩니다. 머리 좀 식히세요, 식혀요."

여성혐오자, 인간혐오자 모두 망연한 얼굴로 술을 마신다. 인생 중년을 넘기니 망연히 술 마실 일이 많다. 그렇기에 이 망연주 맛도 모르고 술을 끊어 버리는 사람이 느는 건 어쩐지 무섭다.

○

인기에
대하여

신문에 한신 타이거스 팬의 열광적 태도에 대한 기사가 실렸는데,
마무리가 아주 근엄하다.

"열광하는 것은 좋지만, 그 배타성에는 문제가 있다."

어머, 웃겨라. 배타성이 있으니까 팬 아닌가?

그럼에도 불구하고 한신 팬은 여전히 매우 뜨겁고 고시엔 구장
에는 5만 명이 들어가 있다. 그런 반면, 바로 코앞에 있는 니시노
미야 구장에는 3천 명밖에 차지 않는다고 한다. 한큐 시합을 보러
갔던 사람이 말해 주었다. 나는 이타미 역 앞 꼬치집 근처에서 그
소식을 듣고 있다. 나는 야구 문외한인 야구 팬이다.

"맞아, 맞아. 니시노미야에 가면 누워 자면서도 볼 수 있다고."

펀치파마를 한 가게 형님이 말했다. 그는 한신 팬이다. 그런데 한큐 팬 입장에서 이런 말을 들으면 울컥 치미는 모양이다.

"그래도 난바 구장보다는 나아. 내가 갔을 때 거기는 서른 명밖에 없었다고."

야구 문외한인 나는 그들 사이에 흐르는 이 미묘한 기류에 어두운 편이다. 나는 화로에 꼬치를 얹고 있던 펀치파마 한신 팬에게 물었다.

"5만 명과 30명이라고? 왜 이렇게 차이가 나? 그냥 비어 있는 구장에 가서 보면 되잖아."

"그렇게는 안 되지."

"왜? 어차피 같은 거 하는 건데. 똑같은 야구잖아!"

"바보야. 한신 외에는 야구가 아니다, 그런 게 있다고. 말하자면 인기지. 인기라는 건 누구도 어쩔 수 없는 거야. 5만 명과 30명인데 방도가 있겠어? 사람들이 좋다는데."

무슨 말인지 이해가 안 가면서도 왠지 알 것 같기도 한 형님의 해설이었다. 여기서 잠깐 오사카 사투리에 대해 설명하자면, '방도가 없다'와 '방도가 있겠어?'는 동의어다. 방법이 없다는 말을 뒤집어 말한 것이다.

너무 열광적인 한신 팬들 때문에 오사카 사람은 여차하면 무슨 일이 날지도 모르겠다며 전 시민이 겁을 먹고 눈살을 찌푸리고 있는 모양이다. 하지만 간사이 사람은 의외로 균형 감각 또한 뛰어나다.

하긴 요즘 겉으로만 봤을 때 간사이 사람은 참 도가 지나치다. 괴인 21면상*이라느니, 야마구치파 말단이 총에 맞았다느니, 나가노 회장이 칼에 찔렸다느니 하는 시끄러운 일 모조리 오사카에서 발생했다. 아무래도 이 소란의 원인은 오사카 사람의 전통적인 생활 감각 속 악폐가 이 시점에서 우르르 터져 나왔기 때문이다.

간사이에는 야쿠자·방탕한 존재를 인정하는 사람이 의외로 많은 것이,

"역시 없으면 안 될 것 같아요. 그쪽에 말만 잘해 놓으면 스르르 해결되는 일이 많으니까요."

라고 하는 사람도 있었다. 이보시 고이치** 씨를 찾아뵙지 않으면 모르겠지만, 이런 분위기가 야마구치파를 살찌우는지도 모른다.

괴인 21면상이 "바보 경찰들에게"라고 한 걸 오사카 밖에 사는 사람들은 꽤 심각하게 받아들이지만, 오사카 사람은 젓가락질만 잘못해도 "바보"를 연발한다. 그렇기 때문에 의외로 시큰둥한 것이다. "바보 아니야"는 대화 중간 중간에 늘 들어가는 친밀함이

* 구리코 모리나가 사건의 용의자를 지칭하는 별명.
** 일본의 작가이자 전《요미우리신문》기자로,《야마구치파 3대》라는 책을 집필했다.

담긴 말이다. 만일 괴인 21면상이

"멍청한 경찰들에게"

라고 썼다면, 경찰들이 오사카 여경, 효고 견찰이라 불렀을 때 이상으로 울컥할 것이다. 오사카에서는 '멍청이'는 엄청난 모욕이라서, 듣자마자 "다시 한 번 지껄여 봐!"라며 낯빛이 안 좋아질 수 있다.

괴인 21면상이 경찰을 "얼간이 폴리스"라고 부른다 한들 오사카 사람에게 딱히 여운을 남기지 않을 것이다.

'폴리'*라는 말은 이미 오사카 사투리로서 시민권을 갖고 있기 때문에, 파출소를 들여다보고 경찰이 없으면 이렇게 말한다.

"폴리 상자에 폴리가 없네. 들어가서 기다리자."

도쿄는 아무래도 높으신 분의 권위가 세다. 하지만 오사카에는 일국의 심장부나 황거 같은 곳이 없어서 400년이란 세월 동안 높으신 분의 무서움을 뼈저리게 느껴 본 적이 없다. '바보 경찰들에게'라는 말은 그런 정신 풍토에서 나온다.

오사카에서는 도쿄처럼 선뜻 들어가기 어려운 초밥집이나 품위 넘치는 가게는 인기가 없다. 오사카에도 요리를 드시는 동안 흡연을 자제해 달라며 재떨이를 내지 않는 가게도 가끔 있기는 하다.

* 폴리스의 줄임말.

하지만 이 또한 오사카 서민들에게 "무슨 소리를 지껄이는 거야. 멋도 적당히 부려야지"라는 나쁜 평가를 듣는다. 황족화족皇族華族, 하이 소사이어티 같은 부류와 거리가 먼 고장이기 때문에 어떤 사람이든 상관없이 어울리겠다 싶었는데, 웬걸, 프라이드가 대단하고 질이 나쁘고 예의를 모르거나 교양 없는 배금주의자를 보면 "바보 아니야."

라는 한마디로 면박을 준다. 속은 조용하고 우유부단한 아가씨도 언뜻 보면 패션이 화려하기 때문에 쉽게 보고 접근하려고 하면 영락없이 '바보 아니야'라는 소릴 들을 것이다. 앞으로 이런 간사이가 유행하고 인기를 얻을지 모른다. 아무리 그래도 인기란 것은 참 신기하다.

"똑같은 것을 해도 한쪽은 유행하고, 한쪽은 안 해요. 말로는 할 수 없는 이 세상의 재미, 깊은 맛이란 게 그런 데 있는 거겠죠. 분석은 평론가한테 맡기고 우린 그 깊은 맛만 즐기면 되는 겁니다."

가모카 아저씨가 말했다. 꼬치집의 밤은 깊어만 간다.

○

여자의
유서

최근 하카타 출신의 화가 데라다 겐이치로 씨가 돌아가셨다. 암이
었는데, 가시기 전까지 의식도 뚜렷하셨고 스스로 암이라는 사실
도 알고 계셨다고 한다. 그럼에도 불구하고 병상에서 신문에 에세
이를 연재하셨고('데라켄'이라는 애칭으로 인기를 모았던 고인은 실로
깊이 있고 유머 넘치는 문장을 집필하셨다), 본업인 그림도 여덟 점 완
성하셨다. 아무리 봐도 의지적인 삶이 아닐 수 없다. "물감 냄새는
약봉지"라고 말씀하시며 고인 특유의 밝은 색조로 약동적인 작품
을 병상에서 잇따라 완성하셨다. 문병 간 사람에게
  "너무 가까이 오시면 암 옮습니다."
  라고 웃으며 말씀하셨다던데, 솔직하고 꾸밈없고 건실한 예술

가 데라켄 씨답다고 생각했다. 데라켄 씨는 술을 마실 때 군더더기 없이 깨끗하다. 우리처럼 질질 끌면서 끝까지 마시려고 들지 않는다. 2차, 3차, 이집 저집 돌며 술을 마시고(한 집에 머무는 시간도 그리 길지 않다) 마지막 집에서 손뼉을 치면 바로 해산한다. 만약 간사이 사람이었다면 아무 생각 없이 질척거리며

"한 집만 더 가십시다……."

라고 할 판인데, 하카타 출신은, 아니, 데라켄 씨는 택시에 척 올라탄다. 그런 추억도 세상에 어떤 미련도 없이 깨끗하게 돌아가신 데라켄 씨의 모습과 다르지 않다.

데라켄 씨의 유서도 간결하고 친절했다고 들었다. 신세 졌던 사람의 이름을 언급했고 노모를 생각했으며 아들, 형제 그리고 아내에게 감사의 말을 하셨다고 한다.

올해는 지인의 죽음이 많았던 탓인지, 유서를 읽거나 전해 들을 일도 많았다. 아다치 겐이치* 씨의 유서는 올해 쓰신 게 아닐지도 모르지만, 장서는 팔거나 다른 사람에게 줄 것, 사후 시비詩碑, 기념비 등은 사절한다고 쓰여 있었다. 생전에 겸허했던 선생다운 고상함이었다.

아 참, 무엇보다도 올해는 일본항공기 사고 당시 몇 사람이 촉

* 일본 소설가이자 에세이스트.

박한 유서를 남겼다. 추락하기까지 남은 30분 동안에 꽤 극명한 유서를 남겼는데, 그러고 보니 유서를 쓴 사람은 모두 남성이었다. 여성도 한 명 있었는데, 그분은 비명을 지르는 대신 메모를 한 거라고 볼 수 있는, 내가 알기로는 '무서워, 무서워, 어지러워, 살려 줘' 정도의 내용이었다. 그에 비하면 남성이 쓴 것은 명확한 유서다. 몇 줄 정도 되는 내용 안에 확실히 "○○야, 아이(또는 부모)를 부탁해"라고 쓰여 있었다. 장문으로 쓴 사람의 것은 경황이 없는 와중에도 생애를 회고하고 아내에게 작별 인사를 보내고 아이들에게 인생에 대한 지침을 전하고 있다.

아니, 그렇게 특수한 경우가 아니라도 내 주변 친구나 친지 중에서 유서를 쓴 사람은 모두 남자다.

여자가 유서를 썼다는 소리는 아직 못 들어 봤다.

"그건 여자 쪽이 남자보다 더 오래 살기 때문이기도 합니다."

가모카 아저씨는 말한다.

"남자는 대부분 먼저 갑니다. 이때 자살이나 사고 같은 뜻밖의 재난은 별개로 하고, 평균 연령으로 봐도 남자가 먼저 죽습니다. 그러면 앞으로의 일이 걱정되지 않겠습니까."

"죽고 나서까지 걱정할 필요 없다는 생각은 안 드시나요?"

"그것이 남자와 여자의 차이입니다. 남자는 여자보다 상상력이 풍부하거든요."

아저씨의 얼굴을 봤더니 참으려고 해도 참아지지 않는 자랑스러움이 만면에 그득하다.

"남자는 이제껏 자신 때문에 가족이 유지된 거라고 생각합니다. 남자, 남편, 아버지라는 인물이 있었기에 비로소 가정이 공중분해되지 않고 유지될 수 있었다, 그런 생각이 있거든요. 그런데 내가 사라진다면 어떻게 될까. 가족의 좌표축이 흔들리고 무엇에 의지해 살아가면 될지 몰라 정신적으로 길거리에 나앉게 될지도 모릅니다. 그럴 때 유서를 남기면 어두운 밤 한 줄기 광명이 되어 가족들은 그것에 의지하며 살아갈 힘을 되찾게 될 겁니다."

그럴까. 우리 집은 아버지가 돌아가셨을 때 유서 같은 건 없었다. 그래도 각자 모두 뿔뿔이 흩어지기는 했어도 평범하게 잘 살아왔다고.

"아니요, 남자란 유서라는 형태로 남기지 않더라도 마음속으로는 모두들 뭔가 써서 남기려고 하는 동물입니다. 내가 죽고 나서 집안이 잘 굴러갈 수 있을지 머리를 굴리며 이럴까 저럴까 생각하는 힘이 있어요. 그러다 결국 아이들 이름을 대면서 '엄마를 부탁한다'고 하거나, '모두 힘을 모아 형제자매 사이좋게 지내라'고 쓰는 겁니다."

"여자는 그런 유서를 쓰지 않아요."

나 같으면 딱히 쓸 기분이 들지 않을 것이다. 결코 들지 않을 것 같다.

"여보, 오랜 세월 보살펴 줘서 고마워요. 당신과 만나서 행복했습니다. ○○야, 아빠를 잘 부탁한다."

아무리 생각해도 여자는 이런 식의 유서를 쓸 것 같지 않다. 나쓰메 마사코* 씨에게 유서가 있다는 말도 들어 본 적 없다.

"그건 말이죠, 여자는 모두 마지막의 마지막 순간까지 자신이 죽게 될 거라고 생각하지 않기 때문입니다."

아저씨는 빤한 말을 한다는 듯한 표정이다.

"자신이 죽으면 우주 자체가 끝날 거라는 마음이 있으니까 죽은 다음을 상상하는 것조차 화딱지가 나는 것이죠. 자기만은 살 수 있다고 생각하는 경향이 있어요. 위독해져도 아직 살 수 있을 거라며 강하게 확신합니다. 예를 들어 비행기가 나선으로 추락하고 있는 도중이라고 할지라도 추락하고 있다니 믿을 수 없어합니다. 분명 '조종을 왜 이렇게 엉터리로 하는 거야'라며 투덜거릴 거예요."

어머나, 그렇게 말씀하시니 나한테도 그런 성향이 다소 있는 것 같다. 담담한 태도로 사람의 마음을 움직일 유서를 남기는 사람이고 싶지만, 죽기 직전까지 '아직 죽지 않았으니까 딱히 쓸 필요 없

---

* 일본의 여배우로 1985년 27세의 나이에 백혈병으로 사망했다.

다'는 생각도 할 것 같다.

　그렇다면, 아저씨는 어떠세요.

　"소생도 쓰지 않을 것 같습니다. 원수의 집에 쳐들어간 구라노
스케*와 같은 심경입니다."

　오늘 밤 달이 아주 둥글다. 구라노스케 씨의 심경은 아마도 이
런 노래였지.

　"아, 기쁘도다. 뜻을 이뤘노라. 이 몸은 버렸지만 마음의 달에 걸
린 구름 한 점 없도다."

---

* 에도시대 아코 번의 중신 오시이 요시오를 말한다. 아코 번주였던 아사노 나가노리가 기라
요시나카와의 다툼 끝에 죽자, 그의 원수를 갚기 위해 기라 요시나카의 저택에 침입하여 그를
살해한다.

○

프로에겐
꿈이 없다

1985년 11월 29일에 일어난 방화 게릴라*가 터진 날, 나는 일에 몰두하느라 저녁 무렵까지 사건이 일어났다는 것을 몰랐다. 나는 거의 일 년 내내 텔레비전을 보지 않는다. 작업실에 텔레비전이 없고 식사할 때 텔레비전을 보는 습관도 없다. 외식을 하러 가서도 텔레비전이 없는 가게를 고르기 때문에 열흘이나 텔레비전을 안 본 적도 있었다. 나는 활자중독이라서 하루라도 글자를 읽지 않으면 컨디션이 나빠지는데, 텔레비전은 안 봐도 아무렇지 않다. 하지만 텔레비전을 싫어하는 것은 아니다. 같이 사는 사람이

* 일본 수도권과 오사카의 일본 국유철도 시설을 동시다발적으로 파괴한 게릴라 사건. 일본의 신좌익 '중핵파'가 일으켰다.

텔레비전을 보고 있으면 그 옆을 지나가다가 나도 모르게 멈춰 서서 볼 때도 있는데, 그것이 날씨 예보든 뉴스든 왠지 신기하고 신선하다. 하지만 오래 보지는 못한다. 시간이 아깝기 때문이다. 술이라도 마시면서 보는 거라면 괜찮지만, 다 큰 여자가 팔짱을 끼고 가만히 텔레비전 보는 걸 못 견딘다. 나는 역시나 활자가 좋다.

아, 텔레비전 이야기를 하려는 건 아니다. 한창 일을 하는데 도쿄에서 원고 재촉 전화가 왔다. 통화를 하다가 "지금 여기 큰일 났어요"라는 말씀을 하시기에 비로소 사건을 알게 되었다는 말을 하려던 것이다.

"아이고 저런."

내가 말했더니, "오사카도 지금 힘들 텐데요"라면서 거꾸로 도쿄 사람이 오사카 소식을 알려 주었다. 이때도 마찬가지로 "아이고 저런"이었다.

나에겐 "보스, 큰일 났습니다. 큰일 났어요"라면서 뛰어 들어오는 탐정 부하가 없기 때문에 이튿날 신문을 보기 전까지 세상 돌아가는 소식을 거의 모른다.

신문을 보니 이 사건의 핵심 인물인 인민혁명군 멤버 두 사람이 체포되었다고 한다. 직업은 없었고 전 도호쿠 대학생과 전 호세이 대학생이라는 신분이었다. 나이는 각각 서른셋, 서른둘이다. 이 나이에 이런 신분이라니, 나는 사뭇 감탄했다. 작년에 자민당 본부

방화 사건 용의자로 체포된 같은 혁명군 출신 멤버는 남자에 마흔한 살이었다. 그래서 떠올랐는데, 올해 5월 전기공사 작업기사로 가장한 뒤 아시야(고급 주택가인 아시야는 수난의 땅인가 보다)를 배회하다 붙잡힌 같은 혁명군 출신 멤버 중 한 명은 서른다섯이었다. 정보 담당이었는지 도청 장치를 갖고 있었다. 신문에서는 범행 동기에 대해 간사이 신공항을 추진하던 효가 호사이 씨 등 재계 사람들이 아시야에 많이 살았기 때문이라고 시사했는데, 정작 본인은 묵비권을 행사해서 사실이 어떤지 알 수는 없다. 그런데 여기서 내 이목을 끈 것은 서른다섯이라는 나이였다.

과격파, 혁명군이라고 해도 이제 꽤 고령이다. 더는 학생 조직이라 할 수 없을 나이다. 혁명파도 이제는 아저씨가 되고 말았다.

12월 13일 자 《주간 아사히》를 보면 "70년대 초 혁마르*와 항쟁하던 활동가가 그대로 나이를 먹었다. 적어도 30대, 그것도 30대 후반이 많다"고 쓰여 있다. 좌익 관찰자의 취재에 따르면, 그들은 아저씨인 만큼 대부분 번듯한 직장을 가졌고, 그곳에서 번 돈을 조직에 바치고 있다고 한다.

그 옛날, 종전 후 오사카에서도 일본 공산당이 젊은이들 사이에서 희망의 별이었던 적이 있었고, 너도 나도 입당해 당원인 것을

* 일본 혁명적 공산주의자 동맹 '혁명적 마르크스주의자'의 약칭.

자랑스러워하던 시기가 있었다. 문학도들 중에서도 당원이 있었는데, 누군가가

"당에 들어가면 수입의 몇 퍼센트인지 몇 할인지는 모르지만, 계속 당에 기부해야 한대."

라는 말을 주워듣고 왔다. 그 말을 들은 학생들은 나니와 젊은이 아니랄까 봐 저마다

"싫다. 그럼 나는 안 할래."

라며 그만두었다.

나도 그만뒀다. 심지어 내가 입당한 건 일종의 트렌드였다. 유행이라는 말만 듣고 관심을 가졌던 것이다.

그래서 나에게 혁명과 청춘은 첫 만남 같은 느낌인데, 서른다섯 혹은 마흔이 다 돼서 아직도 혁명을 하고 있다는 건, 심지어 사회주의 국가의 현상도 꽤 알려지고 폴 포트 정권 시대의 캄보디아처럼 급진 사회주의화를 가까이에서 접할 수 있는 실례까지 있음에도 그런 짓을 계속하고 있다는 건 외길 인생이라고 해야 할까. 아무튼 감탄이 절로 나온다.

내 주변에도 70년대에 한가락 날리다가 결국 학교를 중퇴하고 지금은 사람 좋은 아저씨가 된 분이 있다. 작업복 같은 걸 입고 싱글벙글 웃으며 정비 공장에서 일하고 아내와는 맞벌이, 저녁이 되면 탁아소에 아이를 찾으러 가고, 선술집에 앉아서 타이거즈가 우

승했다는 소식을 듣고 너무 기쁜 나머지 눈물을 흘리기도 한다. 친척 장례식에 가서 부의금을 내고 아내 고향 시골 농협에서 '고향의 사계절 따스한 택배 서비스'를 시작했다고 하면 말린 표고나 흑대두를 주문해 고향집과 나누기도 한다. 이 아저씨가 젊었을 때 '일제 분쇄!'를 외치고, '가족 제국주의 타도!'를 목이 터져라 외치며 학교 선생이나 아버지를 때려눕히던 사람이라니. 전혀 그렇게 보이지 않는다.

아, 좌익 운동 연구자가 말하듯, 뒤를 몰래 들여다보면 보너스는 전부 중핵 본부에 기부하고 있을지도 모르겠지만, 뭐 그래도 70년대에 날리던 사람 전부 다 그러지는 않을 거라고 생각한다. 마누라와 자식을 책임지는 입장이 되면, '고향의 사계절 따스한 택배 서비스'가 삶의 낙이 될 수도 있다. 이것이 인지상정일 것이다.

오사카 사투리도 아저씨 스타일로 자유자재로 구사한다. 이제는 홀가분한 인생을 살고 있다.

그런 반면, 서른다섯이나 마흔에 아직도 꿈을 좇고 있다는 건 언뜻 생각하면 행복한 인생인지 모르겠지만, 글쎄, 어른으로서는 만감이 교차한다고 할까.

"행복은 무슨 행복입니까?"

가모카 아저씨가 차갑게 말한다.

"학생이었을 때는 반 재미로 했던 만큼 꿈도 있었겠지요. 하지

만 프로가 되면 힘들어져요. 윗선이라도 되면 책임질 일도 생길
것이고 내부에서 발목 잡는 경우도 있을 텐데, 꿈을 따라 뻗어 갈
수 있겠습니까. 꿈이 없어서 프로인 겁니다. 그들도 힘들 거예요."
　　나는 꿈이 많으니 아직 아마추어 글쟁이인가.

○

선물과
답례

연말이 다가오고 선물을 주고받는 계절이 되면 무슨 무슨 상회라는 이름의 업체로부터 '영업 안내' 전단지가 온다.

"전화 한 통만 주시면, 지정하신 시간에 찾아뵙습니다. 방문 차량에는 아무것도 쓰여 있지 않기 때문에 낮에도 걱정하실 필요 없습니다."

무슨 소리인가 하셨을 텐데, 이것은 바로 '연말 선물(백중 선물도 마찬가지) 인수업자'의 광고 문구다. 일반 가정에 들어온 연말 선물을 업자가 인수해 다른 사람한테 되판다고 한다. 사는 사람도 있다니까 그걸 또 다시 연말 선물로 보내는 사람도 있다는 말이다. 아, 이런 건 우리 집 스누피한테 맡겨 두자. 스누피는 이런 문제에

대해 생각하는 것을 매우 좋아한다. 가만히 내버려 두면 밤새도록

'연말 선물을 받은 사람이 아저씨한테 팔지? 그러면 그 아저씨가 다른 사람에게 되팔겠지? 그걸 산 사람은 또 다른 사람한테 연말 선물로 주겠지? 받은 사람은 또 어떤 아저씨한테 팔겠지……'

라고 손가락을 접어 가며 생각하다가 결국에는 사시가 되어 나가떨어질 것이다.

나도 연말 선물을 받는데, 우리 집은 식구가 둘이라서 금세 선물이 남아 이곳저곳 나누어 준다. 개인적으로 직접 만든 크리스마스 선물이나 현지 특산물을 좋아하는 터라 그런 걸 받는 건 기쁘지만, 직업상 관계자에게 받는 건 죄송스럽기 짝이 없어서 '이제 안 하셔도 되는데'라는 생각도 든다.

다른 사람은 어떤지 모르겠지만, 나는 선물을 받았다고 해서 마감이 빨라지는 것도 아니고 번번이 담당 편집자를 골치 아프게 만드는 사람이기 때문에 오히려 내가 회사에 선물을 바쳐야 할 상황이다. 게다가 매사를 대충대충 넘기는 나는 받은 곳이 어디고 안 받은 곳이 어딘지 뒤섞여서 금세 잊어버린다. 하여간 연말에는 정신없이 원고를 써 모으느라 무지 바빠서 밤낮 없다. 부인이 일일이 챙기며 감사 편지를 보내는 집도 있지만, 우리 집 남편은 그런 걸 하지 않는다. 그래서 내 쪽에서 연말 선물을 보낸 적은 없다. 어떤 잡지에 가와카미 소쿤* 씨는 인색해서 담당 편집자에게 연말

선물이나 백중 선물을 한 번도 보내지 않았다는 말이 쓰여 있는 걸 보고 깜짝 놀랐다. 가와카미 씨는 합리주의자이긴 하지만 절대 짠돌이가 아니다. 그리고 글쟁이 중에 담당자에게 연말 선물을 보내는 사람이 있을까? 들어 본 적 없다. 끼니 때 찾아와서 밥을 같이 먹는 일은 있어도……. 최근 사토 아이코 씨를 만난 김에 물어보았더니

"나도 해 본 적 없어."

라고 하셨다.

뭐 말하자면, 원래 나는 연말 선물 폐지론자다. 이 바쁜 세상에 수고스러운 일 하나라도 줄이는 게 좋지 않나. 업자 아저씨가 아무 표시도 없는 차로 물건을 사러 다니고 시가보다 싸게 되팔 정도라면 애초에 하지 않으면 될 텐데.

"원래 하지 말라는 말 자체가 남자의 발상입니다."

가모카 아저씨는 말한다.

"보통 남자가 번거로운 것을 싫어하니까 주는 것도 받는 것도 그리 좋아하지 않을 겁니다. 하지만 여자는 복잡해요. '어라, 모모 씨, 올해는 안 보내 주시나. 작년에는 왔는데'라든가 '백중 선물은 좀 허술하더니, 불경기라서 그런가 연말 선물 아직 안 보내신 곳

* 일본의 소설가. 《초심》 등의 작품으로 다섯 차례 아쿠타가와상 후보에 올랐고 이후 풍속소설을 썼다.

158

도 있네……'라고 합니다. 여성들이 받고 싶어 하니까 이 세상이 연말 선물 때문에 분주한 겁니다. 그러면서 선물을 받으면 '어머, 이건 두 개가 왔네. 업자한테 전화해서 팔아야겠다'고 생각합니다. 일단 받고 보는 게 여자예요. 그렇기 때문에 세상 사람들이 눈물을 삼키며 연말 선물을 계속 보내야 하는 겁니다……."

아니.

과연 그럴까.

제가 보기에 요즘 남자들도 발상이 꽤 바뀐 것 같던데요. "그 집, 작년에는 보내더니 올해는 안 보냈네"라는 둥 "작년에는 산토리더니 올해는 스카치로구나. 올해는 크게 냈는데!"라는 둥 민감하게 반응하는 남자도 꽤 많다. 그렇기 때문에 세상 사람들이 울며 겨자 먹기로 '그냥 하자'고 마음먹는 것이다.

단, 이럴 때 여자에게는 있고 남자에게 없는 습관 같은 게 있다면, 보내는 쪽의 정신 풍토다.

아줌마들과 수다를 떨다가 이따금 안타깝게 느끼는 게 바로 이것이다.

"×× 씨는 물건을 줘도 그 자리에서 인사하고 끝이야."

아줌마들은 말한다.

"그 자리에서 인사하면 된 것 아닌가요?"

내가 물었더니

"아무리 그래도 두 번째 만났을 때 '지난번에는 감사했습니다' 라든가 '일전에 고마웠어요'라면서 한 번 더 집고 넘어가 주는 게 보통 상식 아닌가요?"

아줌마들은 말한다.

"연말 선물을 보내면 감사 엽서가 오는 건 당연한 거고, 그다음에 만났을 때만이라도 '지난번에는 감사했습니다'라고 말해 줘야지. 말을 안 하면 진심이 전해지지 않는다고. 이쪽도 석연치 않고 말이야."

"그럼 다음다음에 만났을 때 또 말해야 하나요?"

"아니, 그때는 괜찮아요. 하지만 물건을 받고 그다음에 만났을 때 정도는 아무리 그래도 '일전에는 감사했습니다'라고 하는 게 예의겠죠. 아무것도 모르는 얼굴을 하고 있으면 예의에 어긋나요. 물건을 받은 이상에는……"

하지만 달라고 해서 뺏은 것도 아니고 상대방이 멋대로 보낸 거 잖아……. 그래서 아줌마들에게

"그런 말씀 하실 거면 처음부터 아예 안 보내면 되잖아요."

라고 말하면

"맞아. 그거야 그렇지."

라면서 의외로 솔직하게 인정한다. 그러면서도 그 시기가 또 오면 부지런히 선물을 보내고 '일전에 감사했습니다'라는 말이 없다

며 화가 나 있다.

"음. 남자는 물건 가지고 말하지는 않아요. 좋은 곳에서 접대를 받았다거나 초대를 받았을 때는 하죠. '일전에 간 곳 좋았습니다' 라고요. 남자는 물건에는 관심이 없고 장소에 관심이 있습니다."

아저씨는 말했다.

○

아줌마 같다고?

오늘 아침 흔치 않게도 하얀 가루가 나풀거리기 시작했는데 조금 씩 쌓이더니 작은 정원이 순식간에 하얘졌다. 게다가 하루 종일 내리고 있다. 지붕도 나무들도 하얘져서 '우리 정원에 큰 눈 내리 나니……'라는 《만요슈》 구절이라도 읊어 대야 할 것 같은 격조 높은 풍정을 이뤘다. 삼엄종고森嚴宗高한 정취라고 할 수 있을 정 도다.

그런데 이 일 저 일 처리하는 동안 눈이 비로 바뀌면서 바로 녹 아 버렸고 그 덕에 온 거리가 질척거렸다. 결국 품위고 격조고 사 라져 버린 풍정이다. 《만요슈》는 무슨 《만요슈》야! 어휴 참, 내가 사는 이 동네는 날씨까지 격조와 거리가 멀다니까.

하지만 추운 건 추운 것이다. 마침 도쿄에서 젊은 여성이 왔다. 미소가 신선한 이 소녀를 데리고 몸 좀 녹이러 "복어라도 먹으러 갈까요"라는 말이 나왔다.

"복어요? 어머, 그거 먹으면 아줌마 되는 거 아니에요?"

미소가 신선한 소녀는 망설인다. 무슨 소리냐고 물었더니, 최근 도쿄 소녀들 사이에서 '이것을 하면 아줌마다'라는 정설이 유행이라고 한다. 총 세 가지가 있는데 그 중 하나는 초밥집 카운터에 앉아서 장인이 만들어 주는 초밥을 바로 받아먹는 것, 또 하나는 튀김집 카운터에 앉아서 갓 튀긴 튀김을 바로 받아먹는 것, 마지막하나는 복어전골을 먹는 것이라고 한다.

뭐 비싼 음식이라는 이유도 있겠지만, 생각해 보니 그럴 수도 있겠다 싶다. 나 또한 카운터에 자리를 잡고 초밥집 형님에게

"참치 하나 만들어 주세요. 술 한 병도 데워 주시고요."

라고 주문할 수 있게 된 건 이 나이가 되고 나서다.

"오늘은 무슨 생선이 괜찮아요?"

"도미죠."

"그럼 그걸 초밥 말고 안줏감으로 줘요."

이런 주문까지 할 수 있게 된 건 마흔예닐곱 무렵이었던가. 그렇다. 완전히 아줌마가 된 다음부터다.

젊은 여자가 그런 주문을 한다는 건 어쩐지 좀 징그럽다. 심지

어 남자와 함께 와서 그렇게 하는 젊은 여자를 종종 봤는데, 이건 더더욱 징그럽다. 본인이 번 돈으로 좀 사 드세요. 남자를 등치면 쓰나요.

하지만 복어전골은 괜찮다. 오사카의 복어전골은 저렴하기 때문에 젊은 사람들도 자주 다닌다.

도톤보리로 간다. 비수기의 한산함과 추위에도 아랑곳하지 않는, 격조와는 인연이 없어 보이는 즐거운 표정의 대중들이 삼삼오오 모여 있다. 격조와 즐거움을 상반된 개념이라고 생각한 건 아니지만, 나니와 서민은 왠지 그것들을 따로 떼어 생각하기를 좋아하는 것 같다.

추워서 덜덜 떨릴 정도다.

"어휴, 어서 히레자케로 몸을 덥힙시다."

가모카 아저씨가 그렇게 말하며 '즈보라야'*로 뛰어 들어간다. 2층으로 안내를 받아 방으로 들어가 좁은 자리에 앉았다. 창밖으로 나카자**가 보이고 쇼치쿠 신희극 포스터가 걸려 있다. 간비*** 씨의 얼굴이 들어간 간판이 걸려 있었고, 도톤보리는 네온사인으로 반짝거린다.

---

* 오사카의 대표적인 복어 요릿집.
** 오사카 도톤보리에 있던 가부키 극장으로, 현재는 효고에 있는 신사로 옮겨졌다.
*** 일본의 희극배우 후지야마 간비를 말한다.

가게 안이 젊은 사람들로 북적였기 때문에 건너편 계단에 서 있던 미소가 신선한 소녀도

"음, 이 분위기라면 아줌마 안 되겠는데요."

라고 말하며 수긍하는 것 같았다. 어쩐지 마음이 놓였다. "복어 전골 2인분 추가"나 "아쓰캉 두 병"이란 외침이 난무해 우리도 덩달아 마음이 조급해진다. 히레자케에 이리 소금구이 따위의 안주를 먹고 있는데 미소가 신선한 소녀가 물었다.

"즈보라가 무슨 뜻이에요?"

'즈보라'는 오사카 사투리로 '단정하지 못하다' '칠칠맞다'는 의미인데 이 의미에서 파생돼 '뻔뻔하다' '교활하다'는 느낌도 있다. 이 단어를 가게 이름으로 내건다면 '잘난 척하지 않는다'나 '부담스럽지 않다'는 의미도 포함될 것이다.

우리는 '……를 하면 아줌마'라는 것에 대해 더 이야기하기 시작했다.

"기차 탈 때 특실에 타려고 하면 아줌마야. 아, 이건 남자도 마찬가지. 나이가 젊더라도 아저씨 같은 행동이야."

"연말연시에 시티호텔에서 숙박하는 것도 아줌마 같은 게 아닐까요? 혼자 연말 가요 프로그램 보면서 매니큐어를 바른다든가, 그것도 토마토색으로요."

"택시운전 아저씨한테 팁을 주면 아줌마야."

"여행 가서 아무 데도 가지 않고 호텔방에 틀어박혀 술만 마시면 아줌마야."

"잠깐. 단번에 알아볼 수 있는 방법이 있어. 그러다 천벌 받는다는 말을 들어도 전혀 동요하지 않는 것. 그러면 아줌마야."

"아니, 그것보다도……."

아저씨가 말했다.

"이쑤시개가 필요해지면 아줌마, 아저씨라는 뜻입니다."

정말이다. 미소가 신선한 소녀는 물론이고 주위의 젊은이들 누구 하나 이쑤시개를 쓰는 사람이 없는데, 아저씨는 혼자서 "아가씨, 이쑤시개 없어요?"라고 외친다.

복어전골은 냄비 속 건더기를 완전히 건져 먹은 다음 밥을 넣어 죽을 끓인다. 이것이 참 맛있다. 이때 냄비에 남은 건더기를 떠서 접시에 쏟아 버리는 사람은 아줌마다.

젊은 사람은 버리지 않고 전부 먹는다.

흐물흐물해진 배추, 투명해질 정도로 푹 끓인 무 지스러기, 복어 껍질 한 조각, 뼈에 붙은 얼마 안 되는 살점, 너무 끓여서 절반은 뭉그러진 표고버섯. 젊은 사람은 국자에 얹어걸린 것이라면 찌꺼기 같은 것조차 깨끗하게 비운 다음 개운하게 마무리하려고 할 것이다.

"이제 죽 먹어요."

죽이 끓으면 달걀과 파를 얹어 마무리한 다음 김 부스러기를 뿌려 먹는데, 먹으면서 "아 배불러 죽겠네"라며 배를 두드리는 사람은 아줌마, 냄비 바닥까지 싹싹 긁어 먹은 다음 "이 근처에 맛있는 오코노미야키집 있었죠?"라고 하는 사람은 젊디젊은 미소가 신선한 소녀다.

"어디 가서 한잔 더 하실까요. 여기서 내일 힘들다고 거절하고 가면 아저씨, 아줌마란 건데⋯⋯."

아저씨의 이 말에 거절한 사람은 아무도 없었다.

○

내세

밖에 심어 놓은 납매나무에 꽃이 흐드러지게 피었다. 향기가 너무 좋기에 포푸리를 만들면 괜찮겠다 싶어서 꽃을 꺾어 모으고 있었다.

그때 한 여자가 찾아와 말했다.

"성서 이야기를 한마디 전하고 싶은데요."

눈꽃이 흩날리는 추운 날이었는데, 그녀는 초등학교 저학년쯤으로 보이는 사내아이의 손을 잡고 팸플릿을 쥐고 있었다. 사내아이는 추위에 곱은 얼굴을 하고 치켜뜬 눈으로 나를 바라보고 있었다.

"성서를 함께 읽으시면 어떨까요."

"저 읽은 적 있어요."

젊었을 때 내 애독서가 성서였다는 것을 떠올렸다.

"아니요. 읽는 법이 틀리면 아무 소용없어요. 그 의미를 올바르게 깨치지 못하면 안 되거든요."

여자는 열심히 말한다. 아이는 콧물을 훌쩍거리면서 덜덜 떨고 있었다. 작은 볼에는 소름이 돋아 있다.

"성서를 잘못 이해하면 천국에 갈 수 없어요."

여자는 협박하듯이 말했다. 나는 내세를 믿기는 하지만, 초당파적 태도라고 할까. 종교의 종류에 따라 구별되는 것이 아니라고 생각한다.

"천국이요……. 뭐, 괜찮아요."

나는 또렷하지 않은 투로 내뱉었다.

"괜찮다는 말씀은……."

여자는 추궁한다.

"딱히 안 가도 괜찮아요. 그럭저럭 살 수 있는 곳이면 돼요."

그럭저럭 사는 인간인 나에게 내세가 있다면 그곳이 어디든 그럭저럭일 것이다.

"안 가도 괜찮다니 무슨 말씀이세요?"

여자에게 혼이 났다. 어쨌든 너무 추운 날이었다. 나는 덜덜 떨면서

"날 따뜻할 때 다시 오세요"라고 하고는 집 안으로 도망쳤다. 여자는 아이의 손을 끌고 또 다시 옆집 초인종을 누르는 것 같았다. 나

는 그 여자보다도 아이한테 뭔가 따뜻한 것이라도 먹이고 싶었다. 어떤 경우는 부모의 종교 때문에 수혈도 제대로 받지 못하고 목숨을 잃는 아이도 있다.

그렇다고 어른이 되고 나서 스스로 깨달아 종교를 갖는 것이 꼭 좋다는 것은 아니다. 어린 시절의 습관에 의해 믿게 되는 것도 꽤 좋은 일이다.

아무리 그래도, 요즘 세상을 둘러보면 각양각색의 신흥종교가 늘어나고 있고, 심지어 여성들은 그 종교를 유행으로 이해하는 것 같다. 남자들은 알고 있을까. 부인들이 여러 가지 종교를 맛보며 즐긴다는 사실을.

내 친구들 중에도 일하는 여성이든 전업주부든 상관없이 어떤 종교에 입교하거나 겹치기로 믿으면서 어느 쪽을 골라야 하나 고민하는 사람이 많다.

"다 떠나서 ○○교는 건물이 예쁘더라. 엘리트가 많이 가는 이유를 알 것 같아. 부자 같은 느낌이 풀풀 풍긴다는 점도 좋아."

"하지만 멀잖아. 그런 면에서 ××교는 시내에 있어서 부담 없이 다닐 수 있어. 언제 나오고 들어가도 상관없고."

"아, △△관음은 탁아소가 있어서 편하대. 그런 점으로 봤을 때 역시 △△ 님은 여자를 이해한다니까. 나는 말씀 10분 정도 듣고요 근처에 있는 백화점에 쇼핑하러 가거든. 아이를 맡아서 봐 주시니까 안심이 돼."

"어머. 그러다가 관음보살이 화내시겠다."

"※※회는 부처님, 예수님이랑 관련은 없지만 좋은 것 같아. 술 마셔도 괜찮고, 옷도 화려하게 입으라고 하시거든. 부부가 사이좋게 지내라, 재산도 많이 쓰라고 하는 종지야."

"흠. 쓰면 또 들어올까."

"안 쓰면 안 들어오겠지. 그 대신 쓸 때도 요령이 있다나 봐."

여자들은 이렇게 정보를 교환하는데, 이를테면

"돈은 쓸수록 들어온다는 말도 이 반지를 안 하면 다 소용없대."

"이 보석이 효험이 좋다나 봐."

라며 교단이 추천한 반지를 사기도 한다. 입소문이란 참 대단하다.

보석상이 직접 교단에 와서 반지를 팔기도 하지만, 백화점이나 보석상이 어용상인 노릇을 하는 경우도 있다. 백화점에서도 '□□회 예약 담당' '△△관음보살 특별 비공개 세일' 같은 표시를 내걸면 신자들이 우르르 가서 '효험이 좋다'는 그 반지를 각자 주머니 사정에 맞춰 구입하기도 한다. 그런 면에서 봤을 때

"다 떠나서 ○○회는 가족적이야. 얼굴만 맞대도 형제자매라는 느낌이라서 금방 친해질 수 있어. 인사할 때도 '안녕하세요?' '어서 오세요'가 아니라 '다녀왔어요?' '다녀왔습니다'라고 해. 게다가 화려하잖아."

"맞아. 나는 그 점이 좋아서 그 종교로 정한 거야. 꽃무늬나 나비무늬 같은 옷을 입고 오는 게 좋다고 하시잖아. 장내가 꽃이 핀 것 같고 밝고 좋아."

이렇듯 새로운 종교는 마치 여성의 패션쇼와 같다.

"나는 그날그날 기분에 따라 종교를 바꿔."

라고 하는 노련한 사람도 있고

"하나만 믿기에는 허전하지 않아? 각각 좋은 점이 다르잖아."

라며 큰소리치는 여자들도 있다. 각 종교의 교회, 법당, 사원 등 그들이 모이는 곳은 현재 일대 사교장이 되었다. 그 실상을 들여다보면 분명 흘러드는 돈과 의도 또한 있을 테지만, 어찌 되었든 여자는 대단하다. 찬바람 몰아치는 와중에도 전도를 하겠다는 사람이 있는가 하면, 네다섯 가지 종교를 동시에 즐기는 사람도 있다. 이제는 문화센터도 한물갔다고 한다. 이 상태라면 가모카 아저씨를 교주로 세운 가모카교라는 게 생길지도 모를 일이다. 하지만 아저씨는 한마디로 잘라 말했다.

"내세는 없습니다. 우리에게는 현세뿐이에요."

○

신부
기근

최근 유도선수 야마시타 야스히로* 씨에게 과감하게 프러포즈했
다가 결혼에 성공한 아가씨에 관한 뉴스가 보도되었는데, 그것을
보고

"어머, 그런 일이 가능해?"

라며 놀라는 여자들이 많다.

"꺅. 뭐야, 정말……."

몇몇이 그렇게 말하는 걸 듣고 이건 무슨 일인가 싶어 깜짝 놀

---

* 1986년 LA올림픽에서 금메달을 따며 국민적 인기를 모은 선수. 당시 긴자의 백화점 직원이
었던 일반 여성이 고객 정보 리스트를 이용해 야마시타에게 적극적으로 연락했고 끝내 결혼
에 성공해 화제가 됐다.

랐다.

"그렇잖아. 그렇게 해서 성공할 줄 알았으면 내가 할 걸 그랬어!"

라며 발을 동동 구르는 사람이 있는가 하면

"우리 엄마랑 친척 숙모들이 너는 왜 그렇게 안 했냐고 어찌나 잔소리를 하시는지. 그 말 듣고 얼마나 분했는지 몰라. 나도 야마시타 씨 좋아했단 말이야. 꺅."

라는 친구도 있었다.

나는 이 '꺅'이 무슨 의미인지 모르겠다.

야마시타 씨가 좋은 남자인 건 분명하지만, 이 정도의 남자는 모르긴 해도 지금 일본에 차고 넘칠 것이다.

"그래도! 아무리 그래도 야마시타 씨만큼 유명한 사람은 없다고."

하아, 그런 뜻이 아니잖아.

유명하기만 하면 된다는 건가.

"그래도! 유명하면서 좋은 남자는 별로 없단 말이야."

라고 아가씨는 말한다. 오호라, 알았다. 젊은 여자가 하는 '꺅'이란 유명인 좋아하는 여자가 하는 수법이구나.

"그런 건 아니지만."

젊은 여자들은 부인했지만, 유명인 집착증이 아니라면, 야마시타 씨 일로 아우성칠 일이 뭐가 있을까.

야마시타 씨에게서 유도를 빼면 체격 좋고 호감인 청년 정도라고 할 수 있을 텐데, 그 정도라면 유명하지 않은 야마시타 씨도 무수할 것이다. 유명하지 않지만 호감인 청년이 있다면 과감하게 도전하면 되는 것이다.

"유명하지 않아도 일류 대학 출신, 대기업 사원이라면 여자들이 꺅! 하고 쓰러지지 않을까요. 잘생긴 데다가 부모가 잘살고, 유력가에 가정환경이 화목하다면 여자들 모두 꺅! 하고 쓰러집니다. 그 점이 무서워요."

가모카 아저씨는 말했다.

"왜 무서우세요?"

"한 사람한테 여러 명이 들러붙어서 꺅! 하고 쓰러진다고 생각해 보세요. 어떻게 되겠습니까."

"허탕을 치는 여자가 나오겠죠."

"여자만 허탕 치는 게 아닙니다. 남자도 허탕을 치죠."

아저씨는 소주가 담긴 싸구려 컵을 내려놓으며 말했다.

"이를테면, 학교도 삼류 어디, 사류 어디 출신이라면……."

"네, 네."

"부모도 가난하고, 형제 중에 제대로 된 사람도 없는 데다가 본인도 물론 가난하고요. 직장은 연봉이 낮은 중소기업에 추남에 말

주변도 없고, 심지어 다리도 짧고 음치인 청년이라고 생각해 보세요."

"굉장한데요."

"이런 사람이라면 어떻게 해야 할까요? 여자들은 유명한 청년이나 일류 청년한테만 우르르 쏠리지 삼류, 사류 중소기업에 다니는 청년은 아무도 상대해 주지 않습니다. 그렇게 되면 눈도 못 마주쳐요. 남자는 절망해 미쳐 버릴 겁니다."

"그런 사람은 선이든 뭐든 봐서……."

"옛날에는 말이죠, 전쟁 전이었다면 맞선으로 못생긴 사람은 못생긴 사람끼리, 가난한 사람은 가난한 사람끼리 재주 좋은 중매쟁이의 중개로 부부가 될 수 있었습니다. 하지만 지금은 여자 본인이 남자를 골라요. 게다가 요즘 맞선은 서류 전형부터 치르는 터라 조건 나쁜 사람을 일단 불합격시킵니다. 컴퓨터 맞선 따위는 해도 해도 너무 합니다. 그것 때문에 조건이 안 좋은 남자는 애초에 탈락되지 않습니까."

"그 점은 안됐네요."

"농촌에 신부가 기근이라는 말을 들은 지 꽤 오래됐는데, 지금은 그 현상이 도시에까지 이르렀습니다. 도시의 신부 기근은 심각한 수준이에요."

"그렇지만 옛날 중매쟁이나 맞선과 달리 요즘은 상쾌하고 신중

한 연애와 결혼도 있잖아요? 이름 없고 가난하고 아름다운 그것이요. 〈큐폴라가 있는 마을〉을 떠오르게 하는, 요시나가 유리 씨와 하마다 미쓰오 씨가 연기한 순애결혼 같은 거 말이에요."

"오세이 상은 너무 어수룩합니다. 요즘 꿈 많은 여성들은요, 당장 가난한 여자든 못생긴 여자든 모두가 하나같이 유명한 청년, 일류 청년한테 우르르 몰립니다. 그럼 허탕 친 무명 청년, 사류 청년은 어떻게 하란 겁니까. 화가 나요."

"그럴까요? 하지만 남자의 매력이 간판이나 순위 매기는 데 있는 게 아니란 걸 여자도 잘 알걸요. 인물은 없지만 잘 보니 깊이가 있다든가, 말주변은 없지만 잘 보니 인품이 온화하다든가, 다리는 짧지만 잘 보니 건강해 보인다든가……."

"요즘 세상에 잘 보려고 하는 시간 많은 여자가 어디 있습니까. 그럴 만한 끈기도 없습니다. 여자는 모두 바쁩니다. 그래서 남자를 힐끗 보고 말아요. 그리고 곧바로 이 사람은 안 된다고 생각해 버리죠. 자신이 못생긴 건 개의치 않고 말이에요. 소생은 모든 무명의 사류 청년이 눈에 밟혀 울지 않을 수가 없습니다. 평범한 청년이 신부를 얻는 게 해마다 어려워지고 있으니……."

"그 정도가 딱 적당할지도 몰라요. 일본 남자는 그런 경우에 좀 단련되는 편이 좋을 거예요. 맨주먹, 말발, 진심만으로 신부를 쟁취할 재기를 기르셨으면 해요."

"그건 이상론입니다. 도쿠가와 시대 이후, 쌀밥과 여자는 늘 따라붙기 마련이라고 믿고 있던 일본 남자에게는 지금이 혹독한 시련의 시대입니다."

아저씨는 숙연하게 말했다. 언뜻 봤더니 스누피도 조용히 고개를 숙이고 있다. 자신의 짧은 다리와 튀어나온 배를 보고 앞으로 겪게 될 신부 기근이 암담해 심한 충격을 받았으리라. 요즘 들어 성에 눈뜨기 시작한 스누피랍니다.

○

먹거리
문화

요즘처럼 음식에 관해 논평하기 좋아하고, 그걸 또 모두가 기꺼이
귀 기울이며 미각을 개척하겠다고 이곳저곳 다니는 먹거리 문화
가 유행하던 시대는 없었다. 하지만 그에 비해 변변찮은 가게들도
점점 늘어나고 있다. 지금 일본에 먹거리 문화라는 것이 정말 있
을까.

　나아가 나는 음식 체인점이라는 게 가장 참기 힘들다.

　아니, 프라이드치킨이나 햄버거는 나와 상관없는 음식이기 때
문에 그런 건 아무리 늘어도 딱히 관심 없다.

　하지만 먹거리 문화 전성시대라는 요즘, 천천히 식사할 수 있고
식사하는 김에 술까지 한잔 즐길 수 있는 가게가 더 늘어날 법도

한데 어쩐지 줄어들기만 한다. 소자본은 줄고 대자본 체인점만 늘고 있는 것이다.

맛있는 음식을 제공하는 작은 가게가 더 늘지 않으면 진정한 어른의 먹거리 문화라고 볼 수 없다고 생각한다. 노점상을 겨우 면할 정도의 가게라고 해도 그곳 주인과 가게 분위기가 좋아서 그곳에 가는 것을 인생의 낙으로 삼을 만한 가게가 많이 늘어났으면 좋겠다. 하지만 현실은 늘어나기는커녕 점점 줄고만 있는 것 같다.

이런 가게는 손님에 따라 반응이 달라서 어떤 사람은 좋아해도 어떤 사람에게는 맞지 않을 수도 있을 것이다. 하지만 만일 잘 맞는 경우라면 정말 신이 난다. 어쩌다 가게가 문을 닫기라도 하면, 다음 날 단골손님한테 마구 혼이 난다.

"어제 뭐 하느라 닫은 거야. 쉬면 어떡해. 허탕 치게 하지 말라고."

"죄송해요. 친척분이 돌아가셔서…….""

"그런 게 나랑 무슨 상관이야. 난 주인장 쉬는 거 용서 못한다고!"

"헤헤헤헤."

보통 이런 대화가 오간다. 이는 말하자면, 우리는 '주인장 요리'가 먹고 싶고, 주인장과 요리는 떼려야 뗄 수 없는 존재란 의미다.

특별히 사이가 좋은 것도 아니지만 그 존재가 있기 때문에 안심하고 먹을 수 있다는 의미다. 가게에 종업원이 많아도 일단 주인장, 대장이 있어야 가게 안에 신경을 둘러칠 수 있을 것이다.

그런데 체인점이란 곳은 우선 '대장'이 없어서 난감하다. 일반적으로 점장이라는 사람이 있기는 하지만 이들은 실로 젊다. 넓은 가게 안을 비조飛鳥처럼 날아다니며 "어서 오세요" "몇 분이십니까"라고 묻거나 손님과 조리장 사이의 다리 역할도 한다. 안경 쓴 사립대 출신 스타일이 많다. 카운터 너머에는 기술자처럼 생긴 조리사들이 나란히 서 있는데 인수가 정말 많고, 다른 지점 조리사와 교체 근무를 하는지, 아니면 휴일 대체 근무자인지 면면이 다채로워서 언제 가도 처음 보는 사람뿐이다.

치프, 주임, 계장 등의 호칭으로 서로를 부른다. 호칭 역시 참 다채롭다.

안에 들어가 보면 직급이 있기는 하겠지만, 누가 책임자랄 것 없이 무개성하게 한 줄로 서 있다.

"여기서 잘하는 요리가 뭐예요?"

라고 손님이 물으면 성의 없는 말투로

"전부 다 맛있습니다."

라고 말한다. 가게 안쪽에는 1층, 2층 모두 좌식으로 되어 있다. 웅성웅성 떠들썩하기에 언뜻 들여다보니 바깥에 명패를 걸어 놓은 단체 손님들이다. 여자 직원이 허둥지둥 단체 손님의 요리를 나르고 있다. "계란찜 13인분!" "여기 모둠회에 초밥 다섯 개라고 했는데, 아직 세 개밖에 안 나왔어요!!"라는 소리가 들린다. 불난 집을 방불케 하는 난리다.

심지어 이 떠들썩한 와중에 실습생으로 보이는 소년이 전화로 받은 주문을 배달하러 나선다.

손 닦을 물수건이 필요해도 누구한테 말하면 좋을지 모르겠고, 술잔 하나 더 달라고 지나가는 사람한테 말을 걸어도 "죄송합니다. 저쪽 점원한테 말씀해 주세요."

책임자라는 사람이 코빼기도 보이지 않는 가게는 중심이 없고 어디 하나 의지할 곳 없이 지나치게 바쁘기만 하다. 그러는 중에 술잔을 다른 사람이 각자 가져다주고, 주문이 중복돼 들어가거나 내가 주문한 음식이 다른 사람 테이블로 갈 때도 있다.

그러다 보면 집에 갈 때가 된다.

돌아갈 때 카운터 안에 서 있는 요리사가 "감사합니다"라고 말하기는 하지만, 직접 돈을 받지 않아서 그런지 건성으로 들린다.

계산대에는 또 다른 사람이 서 있는데, 이 사람도 요리를 직접 만들지 않기 때문에 그가 말하는 "감사합니다" 역시 건성이다.

똑같은 경우, 주인장이 있는 가게라면 자신의 요리를 먹어 준 손님이 어떤 반응을 하고 어떻게 돈을 지불하는지 확실히 지켜볼 수 있다. 그렇기 때문에 "감사합니다"라는 인사도 마음에서 우러

나온다.

역시 주인장 없는 가게는 못써요. 체인점 주인이란 사람은 대체 뭘 하고 계시는 건지. 장부랑 은행만 상대하고 있는 걸까.

그래서 그 큰 가게의 뒷문 주변에 가 보면 꼭 하얀 요리사 모자를 쓴 사람들이 모여서 쉬거나 담배를 피우고 있고, 그 앞이 고객 전용 주차장이라서 가족 단위 손님들이 차에서 내리기도 하고 타고 나가기도 한다.

가게를 나오기가 무섭게 뭘 먹었는지 생각이 나지 않는다. 모래를 씹은 것처럼 맛이 없다는 것만 느껴질 뿐.

"뭐, 요즘 젊은이들은 그런 드라이한 가게를 좋아합니다. 억지로 가게 사람과 말을 섞어야 할 때나 근처에서 빨리 끼니를 해결해야 할 때 그런 식당이 없으면 난감해 하죠."

가모카 아저씨는 말했다.

"젊은 사람한테는 되도록 말을 안 하는 가게가 인기입니다. 개성 없는 점원이 더 인기가 많죠."

하지만 체인점에 다니는 중년 손님도 꽤 많다. 중년들 또한 '주인장' 있는 가게는 필요 없다고, 책임자나 중심을 잡아 줄 사람도 필요 없다고, 그저 그럴듯한 음식과 음료수만 나오면 된다고 생각하는 것 아닐까. 지금 일본의 먹거리 문화 수준이 높지 않은 이유가 바로 이것이다.

○

교토의
할머니

일전에 노사카 아키유키* 씨가 《슈칸분슌》에 현재 이 시대의 퇴폐
에너지는 오십대 여성에게 있다는 취지의 에세이를 쓰셨다. 그야
말로 탁월한 견해다. 게다가 요즘 노사카 아키유키 오라버니의 필
법이 더욱 날카로워져서 본지 연재 중인 에세이가 회를 거듭할수
록 더더욱 기대된다.

그렇다고 다른 꼭지를 애독하지 않는 건 아니다. 각 작가 나름
의 취향에 고민이 뒤엉킨 결과물을 보며 백화난만의 재미를 느끼
고 있다.

* 일본의 소설가. 대표작으로 《반딧불의 묘》가 있다.

아무튼 나는 요즘 들어 노사카 씨가 말한 오십대 여성의 도가 지나친 무참함에 대해 자주 생각한다.

여자에게 오십대란 아이들 모두 독립해 나가고 남편도 정년을 맞이하는 세대다. 느긋하게 생각할 수 있는 시간이 비로소 생겨서 이제 와 마음 깊은 곳에 패전의 상흔이 남아 있다는 사실을 발견하기도 한다. 문득 '천황이란 무엇인가?'라는 의문이 드는 건, 마침 남편이 매일 집에 있게 되고 처음으로 남편과 얼굴을 마주하게 되면서 '부부란 무엇인가?' '결혼이란 무엇인가?' '어디서 굴러먹던 뼈다귀인지 모르는 이 남자가 왜 내 옆에서 이렇게 거들먹거리는가?' '남자라는 이유 하나로 왜 이렇게 위세를 부릴까?' 등의 근본적 문제를 다시 생각하는 것과 궤를 같이한다.

고민 끝에 결론을 내고 행동으로 옮기는 오십대 여성도 있지만, 대부분은 패전의 상흔과 마찬가지로 결혼과 부부에 대한 의문을 마음속 깊이 넣어 두게 되고, 결국 그것이 몸과 마음을 잠식하게 되는 것이다. 그로 인해 신문에 투고해 우울함을 푸는 오십대 여성도 있다면, 향락에 빠지는 쪽도 꽤 많다. 노래방에 가서 마이크를 쥐고 놓지 않는 사람을 봐도 젊게 꾸민 오십대 여성인 경우가 많다.(나도 포함된다.)

나는 이 오십대 여성이 망가지기 시작하는 그 근본적인 원인이 무엇인가에 관심이 있다. 먼저 세상사에 대해 생각해 볼 수 있는 여유가 생겼다는 것 외에 식습관의 붕괴, 정신적 균형이 깨졌다는 것도 원인 중 하나가 아닐까.

거창하게 말할 정도의 것은 아니지만, 오십대 여성이 남은 음식을 버리기 시작한 순간, 마지막 남은 긍지와 신념이 와르르 무너져 버린 것 아닐까.

예로부터 지켜 오던 알뜰함, 음식을 귀하게 여기는 교육, 도시락 먹을 때 뚜껑에 붙은 밥풀부터 먹어야 된다는 것이 오십대 인간의 교양이었다. 제대로 된 시민의 예의범절을 배운 사람이라면 남자든 여자든 먹을 것을 허투루 하지 않았다. 내가 어렸을 때도 "엄마가 해 준 밥알 흘리면 복 달아난다"며 어르신들께 혼나며 자랐다.

포식의 시대가 오고 나서 사람들은 밥알도 남은 반찬도 척척 버리게 되었다.

남자는 괜찮다. 남자는 오십이든 육십이든 연회 같은 곳에 가서 떡 벌어지게 차린 산해진미가 무참히 헤적여지는 것을 보았고 남은 음식에도 익숙해져서 감각이 마비되었을 수도 있다. 하지만 예로부터 품위 있는 교육을 받아 온 여자들은 어떻게 해야 할까. 아들과 딸이 음식을 먹다가 남긴다. 그걸 보고 며느리, 사위, 손자들도 남긴다. 먹을 것을 귀하게 여기며 먹는다는 감각은 상실되었다. 하지만 이런 때에도 "아까워, 아까워" 하며 남은 음식을 다시 데우고 랩을 씌워 냉장고에 넣어 두는 건 오십대 여성뿐이다. 남은 음식으로 한 끼를 때우고 그 모습을 본 가족들은 원래 그러기를 좋아하는 줄 안다. 음식물 처리기 취급을 받는 것이다.

그러던 오십대 여성이 남은 음식물 처리에 치이고 치이다가 큰 마음 먹고 밥풀을 내버린다.

더는 못해 먹겠어.

왜 나만 이렇게 궁상맞게 살아야 해. 목이 터져라 '아깝다, 아깝다' 되풀이하는 것도 질려 버렸어. 이젠 나도 몰라. 그렇게 눈 딱 감고 음식을 버리기 시작하는 것이다. 그렇게 마지막 브레이크였던 것이 둑이 무너지듯 붕괴하기 시작하는 것이다.

이제 남편도 천황도 비판적으로 보게 되었다.

이렇게 된 이상 무서울 것 없다. 밥풀까지 내다 버린 마당이다. 가정을 내팽개치고 아이들을 내버려 둬도 딱히 어떻게 되는 것도 아니더라.

어리석다고 하지 마라. 오십대 여자가 마음을 고쳐먹으면 그것만큼 무서운 게 없단 말이다. 다 떠나서 버리면 큰일 나는 줄 알았던 밥풀을 내다 버렸지 않나. 나카소네 씨 같은 사람은 오십대 여성 무서운 줄 모르고 혼자서 서밋이다 뭐다 설치고 다니지만,* 내부 붕괴는 착실히 진행되고 있다.

* 1983년 미국 윌리엄스버그 서밋에 참가한 일본 수상 나카소네가 본래 자신의 자리를 무시하고 레이건 대통령 옆자리를 차지하려해 논란이 되었다.

이건 다른 이야기지만, 최근 오랜만에 교토에 갈 일이 있어서 가 봤더니, 와, 이 동네는 할머니들이 떵떵거리며 다니는 동네구나 싶었다. 할머니가 늘 밖을 쏘다닌다. 그런데 그 할머니들이 둑이 무너져서 그리 잘 쏘다니는 게 아니다. 예전부터 밥풀 한 알 남기지 않고 주워 먹고 관습과 예의범절을 지키고 그것을 젊은이에게 강요하다가 이제야 겨우 반항하기 시작한 것이 아니다. 그들은 천년의 세월을 거쳐 반항해 온 사람들이다. 강한 사람은 교토의 할머니다. 오십대 일반 서민 여성은 교토 할머니만큼의 강인함이 없어서 조금씩 무너지고 있는 것이리라.

○

나의
평화상

일전에 '고베신문 평화상'이란 것을 받았다. 이런 건 보통 그 사람
의 근황 등을 알려 주는 '뉴스란'에 실려야 하지만, 아무도 물어봐
주지 않을 테니 스스로 써야 한다.

　이 상은 올해로 마흔 번째다. 평화상을 함께 수상한 사람은 고
베 대학 명예교수 야기 아키히로 선생과 고베 대학 의학부 교수
니시즈카 야스토미 선생이었다. 장려상이란 것도 있었는데, 이는
히메지 수족관 관장 우치다 이타루 선생, 그리고 아와지 시 이치
노미야 중학교 야구부(작년에 있었던 전국 중학교 연식 야구 대회에서
우승했다), LA 올림픽 유도 금메달리스트인 호소카와 신지 선수가
받았다.

신문사 회의실, 금병풍이 둘러쳐 있고 꽃으로 장식된 곳에서 사장님에게 상장과 포상을 받고 식이 끝나면 하시카미에 있는 식당으로 옮겨 중화요리를 둘러싸고 앉는다는 훈훈한 분위기의 시상식이었다. 야기 선생의 연구 분야인 지역사, 니시즈카 선생의 생화학 공헌, 우치다 선생의 거북 연구까지 불민한 나로서는 아예 깜깜한 분야였지만, 식사를 하는 동안 각 선생의 말씀을 들으며 연구 아웃라인을 이해할 수 있어 흥미로웠다.

식사하면서 국제적 학문 교류에 대한 이야기를 나누는데

"역시 영어를 못하면 안 됩니다."

라는 말이 나왔다. 학자뿐만 아니라 외교관, 외교관 부인까지 (뭐, 작가도 신문기자도 그렇지만) "영어를 못하니 서러워요"라고 하셨다. 그 순간 나처럼 별안간 말수가 줄고 부지런히 먹어 젖히는 사람, 갑자기 뒤돌아보며 딴소리를 하는 신문기자 등 제각각 우스운 일도 많았다. 어학 이야기는 파장이 크다.

반면에 그렇다고 해서 나카소네 씨처럼 영어를 잘한다고 아무 말이나 지껄이면 중요한 회담인데 괜찮겠느냐, 상대방에게 오해를 사지 않겠느냐는 의견도 나왔다. 그럭저럭 즐거운 모임이었다.

시상식은 그렇게 끝났다. 그런데 생각해 보니 옛날에 이런 일이 있었다. 미키 다케오 씨가 수상이던 시절, 유럽 회의에 참석했다. 그곳에서 각국 수뇌들과 식사를 하는데, 당시 그 나라에는 발레리

지스카르 데스탱이란 대통령까지 있던 시절이라서 일 이야기에서 벗어나자 음악, 회화, 문학으로 화제가 흘렀다. 모두가 각자 자신이 좋아하는 것에 대해 거리낌 없이 논하는데, 우리의 일본 대표 미키 씨는 혼자서 묵묵히

"밥을 먹고 있었다."

고 그 당시 특파원은 보고했다.

신문에서 그 기사를 본 일본인 모두 가슴 아파하며 고개를 떨구었다.

(이건 남의 일이 아니야.)

하지만 이쯤 하면 영어 이전의 문제이리라.

영어는 서툴러도 된다. 옆에 동시통역이 있어도 된다. 할 말만 있다면 말이다.

"아니, 소생으로서는 의문입니다."

가모카 아저씨가 말한다.

"꼭 이러쿵저러쿵 말해야 합니까. 묵묵히 밥 먹는 남자도 괜찮지 않습니까. 이야기할 만한 화제가 없어도 되지 않을까요. 중요한 일만 잘 처리한다면 말이죠."

음, 과연 그럴까.

하지만 국민으로서 각국 문화권의 수뇌와 칼을 겨눌 수 있을 정도로 조예가 깊다는 걸 보여 줬으면 좋겠다는 생각이 있다고요.

동양의 군자국 대표가 음악, 회화, 문학에 어둡다고 여겨지는 건 영어를 못하는 것 이상으로 슬픈 기분이 든다.

"그런 거, 어둡든 밝든 그 사람 마음 아닙니까."

아저씨는 물을 섞은 소주를 머금고 히죽거린다.

"딱히 미키 씨 편을 들려는 게 아니에요. 굳이 말하자면, 미키 씨를 그리 좋아하는 쪽도 아닙니다. 하지만 뭐든지 아는 척하면서 떠드는 사람은 싫어요. 아는 체하면서 아무런 영양가 없는 말을 지껄이기보다 무뚝뚝하게 아무 말도 하지 않는 게 좋습니다. 어쩌다 가끔은 미키 씨처럼 '나 홀로 묵묵히 밥을 먹었다'는 남자도 있어야 하지 않나 생각합니다."

"아무리 그래도 그러면 테이블 매너가 엉망이라고 생각하지 않을까요?"

"원래 유럽의 매너란 것도 사실 두루뭉술한 겁니다. 인간의 매너 운운하는데, 악의나 적의만 느껴지지 않으면 그걸로 충분해요."

아저씨처럼 말한다면 그거야말로 오해받기 쉬울 것이다.

"됐어요. 소생이 생각하기에는 깜찍하고 성가신 행위의 어리석음을 사람들도 머지않아 알게 될 거라고 봅니다. 예를 들어 뭔가 먹을 때 쩝쩝거리면 안 된다고 하는데, 쩝쩝거리지 않으면 어떻게 씹습니까."

"앗, 저는 못 참아요. 미남이나 미인이 쩝쩝거리며 먹는 걸 보면 그것만큼 안타까운 게 없어요."

"그건 오세이 상이 문화사대주의에 물들어 있어서 그렇게 말씀하시는 겁니다. '오세이 문화사대주의'라고 해야겠군요."

"프랑스인, 유럽인 모두가 그렇게 생각해요. 미국인도 마찬가지고요."

"그건 프랑스 사대주의, 유럽 사대주의입니다. 문화적으로 히틀러나 다름없는 편견이에요. 사람이 쩝쩝거리며 먹었다고 해서 인격까지 부정당하는 것은 말도 안 되는 일입니다. 왼손잡이라고 해서 차별하는 것과 비슷한 편견이에요. 인지人智를 깨치면 요란스럽게 떠들지 않을 겁니다. 개인의 취향 아닙니까."

"그런 말씀 하시면 젊은 사람들 예의범절에 안 좋아요."

"옛날에는 밥 먹을 때 떠들면 안 된다고 부모님이 엄하게 가르치셨죠? 그런데 지금은 떠들어야 한다고 난리예요. 그런 것 하나하나 신경 써야 하는 사회가 됐습니다. 맛있는 것 먹고 술 마시며 다른 사람들과 잘 지내는 것. 지구인의 바람직한 모습은 이것뿐입니다. 평화상이란 이런 마음가짐으로 임해야 하는 것입니다."

점심에 사오싱주를 너무 마셔서 하루 종일 취기가 가시지 않았다.

○

공룡

나는 요즘 공룡에 빠져 있다. 아니, 예전부터 그랬지만 최근 새로운 공룡 책이 속속 나왔고 나처럼 과학 지식이 중학생 수준밖에 안 되는 사람도 쉽게 이해하도록 쓰여 있다. 《공룡백과》(데이비드 램버트 지음) 같은 책은 특히나 그림이 들어 있어서 더없이 친절하고 정중하다.

내 나쁜 버릇 중 하나가 조금이라도 새로운 지식을 슬쩍하면 다른 사람한테 자랑하고 싶어서 못 배기는 것이다. 예전부터 알고 있었다는 듯이 떠들고 싶어서 못 참는다. 상대방이 "오호~"하며 놀라는 표정을 보고 싶다. 이는 원시적인 개발도상국 사람들에게 자주 있는 심리다. 나는 지인이나 친구한테 퍼뜨린다.

"공룡 말인데, 덩치에 비해 뇌가 호두 크기밖에 안 돼서 빨리 멸종한 줄 알았지?"

여기서 아니라고 답하는 사람은 없다. 내가 말하게 두지 않는다.

"보통 그렇게 생각할 거야. 뇌가 작고 빈약하니까 머리가 따라주지 않을 거라고 말이야. 그런데 이게 웬일!"

나는 내 뒤에 나만의 생각이 아닌 근거가 되는 책이 있다는 걸 알면 단정적이고 자신감 있고 당당하게 '!'를 붙여서 말하는 사람이다. 내 의견을 말할 때는 말끝에 '……'를 붙인 말투로 "~라고 생각하는데……"라며 기어 들어가는 목소리로 말한다.

"공룡은 1억 4천만 년에 걸쳐 번영했어요! 이 숫자에 주목하세요. 1억 4천만 년이라는 기간은 인류가 생존해 온 기간의 서른 배 이상이에요. 2억 년 전에는 거대 공룡이 우글우글했거든요. 그러던 것이 순식간에, 몇 개월 만에 사라진 거예요. 직경 10킬로미터의 운석이 지구에 충돌하고 그로 인해 발상한 먼지로 지구가 차가워져요. 그 후에 다시 뜨거워지면서 거대 공룡이 멸종되고 포유류의 시대가 온 거죠."

가모카 아저씨도 내 말을 들으며 묻는다.

"한 번에 죽은 건 언제쯤입니까?"

"6천 5백만 년 전이에요."

"까마득한 이야기네요. 그것보다 1억 4천만 년이나 번영했다니,

참 긴 세월입니다."

역시나 가모카 아저씨도 감탄 일색이다.

"그렇다면 인간 역사에서 4, 5천 년 전 옛날이라고 해 봤자 바로 얼마 전이네요. 하물며 천 년 전이면…….."

"그저게 같은 느낌이랄까요. 무라사키 시키부 씨가 지난 주에 《겐지 모노가타리》를 탈고한 것과 비슷한 감각이라고 볼 수 있죠."

"이야, 그렇게 생각하니 갑자기 인간도 할 만하다 싶네요. 이 일 저 일로 애태우고 화내고 질투할 일이 사라지겠습니다. 공룡이 1억 4천만 년을 살았다고 생각하면, 인생사 대부분이 작디작게 느껴지질 테니까요."

뭐 그럴 수도 있겠지만, 1억 4천만 년과 몇 개월이라는 대비 또한 엄청나다. 몇 개월 만에 멸종했다는 사실이 참으로 무섭다. 지구 생물이란 몇 개월 만에 멸종할 수도 있는 부질없는 존재인 것이다.

그런 면에서 지금 지구에는 원자력 발전소가 300개나 있고 그곳을 통해 날마다 방대한 양의 방사능 물질이 방류되고 있다. 게다가 체르노빌 같은 대형 사고가 일어날 때마다 믿기 어려울 정도로 먼 곳까지 방사능으로 오염된다.

또한 원자력발전소는 막강한 폐수를 배출한다. 이 고준위 폐수를 어디에 두고 어디에서 재처리할 생각인가. 수명이 다 된 폐로를 부수는 비용까지 포함하면, 원자력발전소는 화력이나 수력보다 훨씬 비싸질 것이다. 요즘《아사히신문》의 "르포 회사 86"의 '간사이 전력' 편을 읽었더니, 여전히 원자력발전소를 추진할 생각인 것 같아서 온몸이 부들부들 떨렸다.

어느 나라든 원자력발전소와 재처리 공장을 철퇴하고 있는데, 일본만 추진 중이고 간사이 전력 홍보부에서는 "홍보에 더욱 힘을 쏟아야 한다"고 말한다.

그렇다면 나 또한 홍보하고 싶다. 원자력발전소 유치 지구로 거론된 고장 사람들은 부디《도쿄에 원자력발전소를!》(히로세 다카시 지음, 슈에이샤 문고)이란 책을 읽어 주시기 바란다.

무시무시한 책이지만 원자력발전소의 공포를 아주 냉정하게, 떠먹여 주듯 차근차근 설명하기 때문에 잘 읽히고 지루하지 않다. 책을 읽지 않는 사람이나 아이들도 잘 이해할 수 있게끔 쓰여 있다. 아무리 안전하다고 해도 원자력 기지 근해에서는 이상하게 거대한 물고기나 기형 물고기가 잡힌다. 백혈병, 소아암에 걸린 일본 아이들이 늘고 있다. 이 책은 원자력발전소는 무서운 존재라고 차분하게 호소한다.

원자력발전소 따위에 의지하지 않아도 전력을 조달할 수 있다. 무조건 그런 전제하에 대체에너지를 생각해야 한다.

전력업계 전망을 보면 2031년이 되면 원자력발전소가 발전량의 60퍼센트를 점하게 될 거라고 한다. 그 즈음 폐기물은 어떻게 돼 있을까. 폐로는 어떻게 해체할 것인가. 화로의 수명이 20년 정도라고 하니 그때가 되면 폐로도 꽤 늘어나 있을 것이다.

나는 무척 심각해졌다.

"소생도 인간이 그렇게 턱없는 짓을 하니 그리 길게 가진 않을 거라고 봅니다."

아저씨는 말한다.

"150만 년이 걸려서 겨우 여기까지 온 인류가 수개월 만에 멸망할까요. 허무하네요."

"한 번에 번쩍하고 가 버리는 쪽이 나을지도 모릅니다."

아저씨는 점잖게 말한다.

번쩍하고 사라진다면 오히려 좋을 것이다. 방사능에 오염돼 천천히 고통 받으며 가는 것은 못 견딜 거야.

"1억 4천만 년과 몇 개월. 150만 년과 몇 개월. 과연 공룡이 더 길게 번영했네요. 대단해요."

"게다가 공룡은 불가항력적이고 물리적인 현상 때문에 멸종했습니다. 인간은 자신의 손으로 지구를 오염시키고 괴멸로 몰아넣고 있어요. 비교가 안 됩니다. 공룡이 훨씬 훌륭합니다."

모처럼 달 밝은 가을밤이 찾아왔거늘 술맛이 별로다.

○

그날그날
즐겁게 살면 돼

해 질 녘의 호텔은 어디나 만원이다. 오사카에 새로 생긴 호텔 레스토랑 같은 곳은 항상 만원이고 예약도 어렵다.

그래서 호텔 로비고 라운지고 사람, 사람, 사람으로 가득하다. 그것도 어느 쪽이냐면 여자, 여자, 여자다.

심지어 무려 엄청난 파티 패션으로 치장한 꽃다운 여자들이다.

남자들은 한쪽 구석에 뭉쳐서

"결혼식 피로연 온 걸까?"

"졸업식 아닐까?"

"졸업식인데 '백조의 호수' 같은 모습을 하고 오겠어요?"

"일류 호텔이라서 한껏 꾸미고 온 거겠지."

"아무리 그래도 저건 옛날 요정 스타일이잖아."

라며 무언가에 홀린 듯 속닥이고 있는데, 그 모습이 참 이상해 보였다.

그렇다. 화려한 기모노 정도가 아니었다. 화려하고 풍성하며 주름 많고 하늘거리는 드레스, 한껏 부푼 '백조의 호수' 스타일의 스커트, 금색 은색 스팽글이 반짝이는 의상들이 도량발호하는 모습을 장관이라고 해야 할까 절경이라고 해야 할까. 자유자재로 제나름의 스타일로 한껏 꾸민 젊은 여자들이 호텔이란 호텔에 죄다 나타나 활보하고 있었다.

우연히 사카타 히로오 씨를 뵀는데

"여배우 같은 분들만 다니시네요."

라고 말씀하시는 걸 보고 과연 시인다운 한마디라며 감동하고 말았다. 나 같으면 기껏 해 봤자 피로연 드레스로 갈아입은 새 신부 같다고 했을 것이다.

나는 원래 화려한 것을 좋아하는 취향이라서 화려한 의상이 차고 넘치는 것을 좋아한다. 하지만 요즘은 파티 드레스를 대여해 입는 경우가 많아서, 지나치게 화려한 의상을 보면 대여 드레스 같은 느낌이 들어 안타깝다.

요즘 여성용 화장실에 가 보면 한쪽 구석에 옷 갈아입는 공간이 마련돼 있다. 스웨터에 재킷을 입은 직장 여성이 종이가방을 안고

총총거리며 그곳으로 들어가 커튼을 친다. 한동안 바스락거리는 소리가 나더니 커튼을 확 치고 나왔는데, 나는 그 모습에 깜짝 놀랐다. 여배우 스타일 못지않은 정도가 아니라, 마치 마술사의 보조를 연상케 했다. 그녀는 속세의 고생이란 물에 푹 찌들어 보였다. 숨기려야 숨길 수 없는 직장인의 그 찌든 모습에도 아랑곳하지 않고 그녀는 나풀거리는 커다란 꽃을 머리에 달고 징그럽게 솟아오른 인조 속눈썹을 붙였다. 몸을 꼬면서 자신의 뒤태를 꼼꼼히 확인하고 이쪽저쪽 훑어보고서야 방긋 웃으며 화장실을 나갔다. 속세에 찌든 직장인의 초췌함과 마술사 보조가 입을 법한 하늘하늘 드레스라니. 어떻게 봐도 심한 괴리가 느껴졌다. 하지만 뭐, 좋다. 나는 무슨 일이 있어도 화려함을 편애한다. 중년 여성의 고급스러움, 명주 기모노 뒤로 드러난 아름다운 목덜미에서 풍기는 청초함, 잘 빠진 몸매 사이로 드러나는 맵시, 촌티를 벗은 말쑥한 스타일, 수수함이 좋아하는 공손함 따위는 이제 지긋지긋하다. 아줌마의 겸손만큼이나 불쾌한 건 없다.(나도 포함된다.) 직장 여성의 초췌함 따위 아랑곳하지 않는 휘황찬란함이 좋다! 나는 그렇게 비장하게 '여배우 패션'을 긍정했다.

기모노 차림을 한 사람도 드문드문 보였지만, 요즘 유행이라고 하는 다케히사 유메지*의 작품 속 여성, 혹은 다이쇼시대의 음식점 종업원 스타일이 대부분이었다.

청순해 보이는 아가씨가 옛날, 내가 어렸을 때 하녀들이 입던 스타일의 기모노를 입고 나타나다니. 나는 내 눈을 의심했다.

보라색 바탕에 은은한 꽃무늬 비단, 공단으로 된 띠를 두른 젊은 여자를 보고 기모노 차림이 참 후줄근하다고 싶었는데, 노랑 바탕에 줄무늬, 옷깃에 자수가 놓인, 마치 야채 가게 점원 같은 스타일도 있었다. 요즘 이 동네 기모노 취향이 점점 예스러워지는가 보다.

일본의 오래된 것들이 계속 발굴되고 시대의 유행과 맞아떨어지면서 마치 전위적인 것으로 환영받고 있다. 그에 비해 서양 스타일은 어떻게 해도 뭔가 부족하고 몸에 딱 들어맞지 않아 보인다.

'그것 봐라, 여성 상위 시대니까, 여성이 강하니까, 여자 과장이 나올 수 있는 시대니까, 여자 서기장이 나오는 시대니까, 그런 차림은 애초에 일본 국풍과 맞지 않는다. 입을 게 못 된다'고 지적하고 싶어 하는 아저씨 아줌마가 있기 때문에 나는 눈물을 머금고 죽을힘을 다해 다짐한다.

'화려하기만 하면 된단 말이야!

삶에 찌든 직장 여성이 '백조의 호수'를 입겠다는데, '마술사 보

* 일본의 화가이자 시인.

202

조'가 되겠다는데, '여자 만담가' 스타일을 하겠다는데, 뭐가 잘못이라는 거야! 조만간 입어 주겠어!'라고.

뭐, 이 문제는 넘어가자.

이 일대 무도회를 방불케 하는 화려함의 도가니 속에 있다 보니 어쩐지 풀이 죽어 떠올려 본 생각일 뿐이다.

요즘 여대생이나 젊은 직장 여성에게 앙케트를 해 보면, '장래 희망을 이루기 위해 무언가에 열중하고 있다'나 '이상적 현실을 위해 고난을 참는다' 같은 의견은 무시당한다. 모든 사람이 동그라미를 치는 항목은 가장 마지막에 적혀 있는

'그날그날 즐겁게 살면 된다'

라는 항목이다.

나는 젊었을 때부터 '이상적 현실을 위해 고난을 견디는 생활'을 보내 왔고, 게다가 내 의지와 상관없이 전쟁의 불길을 빠져나왔다. 그렇게 쉰 몇 해를 살고 나서야 주위를 둘러보면서 눈치를 보고 또 보다가 작은 목소리로 겨우 중얼거릴 수 있었다.

"그날그날 즐겁게 살면 돼……."

그런데 뭐야! 뭐야! 엊그제 태어난 아이가 똑같은 말을 하다니.

엉엉.

눈물이 앞을 가린다.

"뭐 어떻습니까. 내면의 깊이가 다르지 않습니까. 그날그날 어

떻게 즐기느냐로 보면 오세이 상 쪽이 훨씬 깊이 있을 겁니다."

가모카 아저씨가 이렇게 위로를 해 주기는 했지만, 뭐 앞으로도 그날그날 재밌게 살아 볼까요.

○

악녀 1

최근에 《꽃 같은 옷 벗으니 휘감기네》라는 책을 냈다. 이 책은 여
류 하이쿠 시인 스기타 히사조에 관한 이야기다. 옛날부터 이 사
람은 공명심이 강한 못된 여자에 중학교 교사였던 남편을 무시한
악녀로 알려져 있다. 나는 이 사람의 시를 좋아했기 때문에 관심
을 갖고 조사해 보았다. 그 결과 그녀가 너무 착실하고 의리 있는
여자였다는 것을 발견했고, 그것을 이 책에 썼다.

그런데 어느 칼럼에서 "버선 기워 신는구나, 노라조차 되지 못
하는 교사의 아내"라는 시를 지을 정도의 여자라면 "과연 악녀가
아닌가"라고 했다.

웃기지도 않는다.

예술가의 비판 정신이 그런 시를 짓게 한 것이지, 악녀라서 그런 시를 지은 게 아니다.

즉, 이 칼럼을 쓰신 분은 남자에게 여자 예술가는 악녀이고, 그 잘못된 편견을 고백하신 것이나 다름없다.

악녀란 남자가 본 해석에 지나지 않는다. 악녀는 자아가 있는 여자라는 뜻이다.

예술가라면 누구에게나 자아가 있다. 요즘은 여자라면 누구에게나 자아가 있다. 그렇다면 현대의 여자는 모두 악녀뿐이란 말인가. 히사조 정도의 악녀는 이 세상에 차고 넘친다.

원래 '악녀'라고 소문이 났다는 것 자체가 진정한 악녀가 아니라는 증거다. 진짜 악녀라면 자신의 악행을 잘 은폐할 것이다. 팔면영롱하고 나쁜 소문이 들리지 않는 여자야말로 수상한 사람이다.(바로 나다.) 적이 없는 여자가 진짜 악녀다.(바로 나다.) 나무랄 데 없어 보이는 여자야말로 진정한 악녀라고 할 수 있다.(바로 나다, 나!)

"그렇죠? 아저씨도 그렇게 생각하지 않으세요?"

가모카 아저씨는 엷은 웃음을 띠며 말한다.

"오세이 상처럼 도량이 좁은 사람은 악이고 선이고가 중요하지 않습니다. 하지만 말이죠, 소생이 생각하기에 '악녀란 둔녀의 다른 이름'입니다."

"둔녀가 뭐예요?"

"모든 면에서 둔한 여자죠. 이런 사람한테는 못 당합니다. 둔감, 우둔, 미련함, 둔근, 둔각, 둔중, 둔재 등을 통틀어서 둔녀라고 할 수 있어요. 걸핏하면 둔하게 구는 사람은 정말 못 당하거든요. 그런 사람을 악녀라고 해야 합니다."

하지만 둔감의 반대는 민감이잖아요.

민감한 여자는 누구에게나 자아가 있어요. 민감한 여자는 뜨인 눈으로 남편을 보고요.

민감한 여자는 제멋대로 정신이 흘러넘친답니다.

민감한 여자는 누구 못지않게 내면에서 피가 끓고요.

그러니까

"버선 기워 신는구나, 노라조차 되지 못하는 교사의 아내"

"동복이거늘 임명장을 올리는 착한 교사"*

라고 읊조리는 거예요. 그래도 좋으세요, 아저씨?

"물론입니다."

가모카 아저씨는 부리부리한 눈을 크게 뜨면서 소주를 꿀껕꿀껕 들이킨다.

"그 정도 여자가 아니면 남자도 같이 못 삽니다.

* 스기타 히사조의 착실한 남편이 아직 봄이 오지도 않았는데 겨울 양복을 입은 채로 교사 임명장을 신단에 올리며 기도하자, 스기타 히사조는 못마땅하여 그 심경을 시로 지었다고 한다.

그 정도로 민감한 여자가 아닌데 함께 살아 무엇이 즐겁겠습니까. 무엇이 재미있겠어요. 가끔 감정이 격해질 때도 있겠지만, 그 정도 반응을 하는 여자가 아니면 매일 얼굴 맞대며 살 수 없을 겁니다. 악녀 정도는 되어야 같이 사는 재미도 있고 좋습니다.

소생이 '악녀'라는 말을 듣고 가장 먼저 떠오른 사람은 요시카와 에이지가 쓴 《미야모토 무사시》의 오쓰였습니다. 무사시를 한결같이 연모하는 청순가련한 소녀죠. 그 마음이야 기특하지만 어휴, 그렇게 못된 악녀가 또 없다 싶어요. 왜 그렇게 따라다니는지. 남자가 가는 곳마다 따라 가려고 하고, 아내가 되려고 하잖아요. 그러면서 무사시가 다가가면 거절합니다. 이거야말로 악녀가 아니면 뭡니까. 그런 여자보다 저는 남편을 보며 '임명장을 올리는 착한 교사'라는 시를 짓고 마는 괘씸한 아줌마가 좋습니다. 그런 여자라면 하이쿠를 짓고 있을 때 뒤에서 '어이, 이봐' 하며 넘어뜨리고 싶을 거예요."

"넘어뜨려서 뭐 하시려고요?"

"넘어뜨린 다음 자고 싶다고요."

"예술가한테 그래도 될까요?"

"예술가도 여자는 여자입니다."

"하지만 예술가들은 히스테리를 부릴지도 몰라요. 한창 창작에 몰두 중인데 누군가 넘어뜨린다면 말이죠. 악녀의 조건에 히스테리도 들어가나요?"

"히스테리는 상관없습니다."

아저씨는 의연하게 말한다.

"히스테리는 애초에 부류가 달라서 일어나는 겁니다. 부류가 달라서 그래요. 서로 간의 조합이 나빠서 삐걱거리는 것을 히스테리라고 합니다. 아무리 히스테리가 강한 여자도 제 짝을 바꾸면 나아질 거예요. 그러니까 히스테리를 부린다고 악녀라고 볼 수는 없습니다. 히스테리를 유발하는 남자도 잘못이거든요. 저는 여자의 히스테리를 유발하는 원인이 남자에게 있다고 생각합니다. 저처럼 도량이 큰 남자도 어떤 여자를 만나느냐에 따라 히스테리를 부릴지도 모르고요."

"그럼 둔감한 여자가 악녀라고 하셨는데, 악녀의 조건은 그게 전부인가요?"

"머리가 나쁜 건 모두 죄예요. 아, 그래, 이걸 잊고 있었네……."

"아, 알 것 같아요."

라고 나는 수긍한다.

"머리라고 하신 건 마음을 말씀하시는 거죠? 아저씨는 마음이 따뜻한 여자라고 말하고 싶으신 거죠? 민감하고 마음 따뜻한 여성, 그렇다고 나 같은 여자라고 하지는 말아 주세요. 저는 악녀니까요."

"무슨 소릴 하시는 겁니까. 마음 따위를 말하는 게 아니에요. 마음가짐이랄까요. 그 마음가짐이 좀 야무지지 못한 여자가 좋습니다. 너무 야무지거나 빈틈이 없는 여자는 안 돼요. 완벽주의자는 가정을 파탄 내거든요. 또 바보 같을수록 완벽주의자가 많습니다. 악녀란 둔감하면서 완벽주의자인 여자입니다. 좋은 여자한테는 명민하면서도 될 대로 되라는 면이 있고요."

나는 두릅 튀김에 머위줄기 참깨된장무침을 안주 삼아 술잔을 기울인다. 봄날의 밤은 악녀 이야기로 점점 깊어진다.

○

악녀 2

내가 악녀 이야기를 했더니 남자 친구들로부터 여러 반응이 있었다.

그중 한 사람은 이렇게 말한다.

"누가 뭐라고 해도 악녀는 바로 우리 마누라야. 마누라 말투 때문에 항상 화가 치민다니까."

"말투가 거치신가 봐요?"

"아니, 그것보다도 말끝마다 '내가 ~해 줬다'를 붙여요. '여보, 내가 구두 닦아 줬어요.' '당신 셔츠 내가 빨아 줬어요.' '내가 당신 재킷 사 줬어요.' 내 돈이야. 내가 번 돈이라고. 그런데 왜 번번이 '해 줬다'는 말을 들어야 하느냐는 말이야. 맞벌이라면 '내가 구두 닦아 줬다'는 말을 들어도 '고마워'라고 하겠지만, 하루 종일 집에 있는 주제에 말끝마다 '해 줬다'고 한다니까. 그 말을 들을 때마다 화가 치밀어."

"그럼 '해 드렸다'고 하면 괜찮으시겠어요?"

이건 내가 아니라 가모카 아저씨의 질문이다.

"글쎄."

친구는 고개를 갸우뚱한다.

"그건 아직 못 들어 봤는데요."

"그렇다면 아직 괜찮은 겁니다. 이 말까지 하면 악녀거든요."

"그 말에 딱히 울컥하지는 않는데."

두 남자가 무슨 말을 하는지 툴툴거리고 있었다.

다른 한 친구는

"나 같은 경우는 월급이 자동이체로 들어오지 않거든. 아직 봉투로 직접 받지. 그런데 우리 마누라가 월급봉투에 마누라 이름도 써 넣어야 된다고 우기는 거야. 마누라의 뒷바라지가 있었기에 남자가 월급을 받는 거라나. 괜스레 짜증 나는 날 그런 말을 들으면 호통을 치고 싶어진다니까. 그런 사고방식이면 악녀야, 그렇지?

'당신이 열심히 일해 주신 덕분이에요'라든가 뭐든 인사가 있어야지. 월급봉투 건네주면 신단에 올리고 감사 기도 하는, 그런 조신한 여자는 요즘 없나."

이 사람은 마흔 정도 된 남자다. 마누라는 서른 몇 살 정도 됐을까. 남편의 월급봉투를 받아 들고 신단에 올릴 만한 세대는 아닐 것이다. 대체로 삼십대, 사십대 남자가 낡은 사고방식을 갖고 있다.

오십대, 육십대가 오히려 신식일 때가 있다.

"아니, 조신한 여자가 아무리 좋아도 걸핏하면 징징 우는 여자는 악녀야."

남자들 중 한 사람이 진지하게 말한다.

"우리 집은 부모님과 함께 사는데, 그게 보통 일은 아니죠. 하지만 나한테 와서 쉴 새 없이 징징거리며 불평을 늘어놓으니 지긋지긋하지 않겠어요? 마음이 우울해진다니까. 집에 들어갈 마음도 안 생겨요."

"음, 그건 첫 단추가 중요했을 텐데요."

나는 말했다.

"여자의 눈물은 습관 같은 거예요. 한번 그러기 시작하면 툭하면 나오는 게 눈물이라고요. 처음 울었을 때 '내가 말해 두겠는데, 난 여자 눈물에도 끄떡없어. 우는 여자 정말 싫어해!'라며 기세를 꺾어 놓았다면 눈물이 쏙 들어갔을 거예요. 여자의 눈물은 부품 청소할 때 가끔씩 흘려야 개운한 거지, 다른 사람 앞에 보일 만한 건 아니라고 생각해요. 화장실에서 울면 된다고요. 남편 앞에서 울다니 당치 않아요. 그건 어리광이죠. 여자의 무사도에 반하는 행위라고요."

"내 말이 맞죠? 악녀라니까요."

"자, 자."

아저씨가 끼어든다.

"그건 당신 마누라가 당신을 우습게 보는 겁니다. 여자를 울게 만드는 당신도 잘못했어요. 악녀라고 볼 수는 없습니다."

"아무리 고부 관계라고 하지만……."

라고 운을 뗀 사람은 나와 비슷한 또래, 쉰 여덟아홉 정도 된 아저씨 친구다.

"우리 마누라 같은 사람을 보면 나까지도 며느리 편을 들고 싶어져요. 작년에 손자 녀석이 태어났거든요. 우리랑 함께 사는데, 5월 단오절이라고 무사 인형이랑 노보리를 사자는 얘기가 나왔어요. 그런데 우리 마누라가 그런 건 며느리 친정에서 보내 주는 거라고 우기는 겁니다. 결국 며느리랑 일대 결전이 벌어졌다가 마누라가 졌어요. 우리 마누라는 오사카 출신이거든요. 뭐든지 오사카 풍습을 내세워 말을 합니다. 며느리는 미야자키 출신인데, 그 동네에는 그런 풍습이 없다는 거예요. 마누라는 오사카로 시집을 왔으니 오사카 풍습을 따르라는 거고요. 그렇게 우기는 것을 보고 있으면 '아, 이 아줌마 정말 싫다. 머리가 나쁘다'는 생각이 들어요.

그게 뭐가 그리 중요합니까. 우리 마누라 아직 쉰다섯이에요. 빨간 옷 입고 마음만은 젊다며 빨빨거리고 다닙니다. 그러면서 하는 말을 보면 이백 년 전에 살았던 안방마님 같아요. 저는 아들과 함께 며느리 편을 듭니다. 이런 케케묵은 사고방식도 악녀라고 할 수 있을까요. 시집온 지가 언제인데 친정 신세를 지다니. 바보 아닙니까. 오사카나 나고야 풍습이 잘못된 건데, 그런 것도 잘 몰라요. 넓게 볼 줄을 모릅니다. 지금까지는 일하느라 바빠서 눈감고 있었는데, 근래 들어 마누라랑 같이 있는 시간이 늘어나다 보니까 모자란 것만 눈에 들어오네요. 이 사람 참 글렀다 싶어요."

한편 이 자리에는 여성들도 있었기 때문에 난리가 났다.

"그러는 남자 중에도 못되고 꼴 보기 싫은 사람 많아요."

여자들은 응수한다. 다른 한 사람이

"맞아. 우리 남편은 무슨 말을 할 때 일단 '아니' '바보' 같은 접두어로 입을 뗀다니까. 일단 반대하고 보는 우리 남편 때문에 참다못해 결국 목을 졸라 버릴까 싶어져."

"다른 사람 앞에서 나를 아줌마나 못난이라고 불러. 험담은 할지언정 칭찬은 절대 안 해. 쑥스러워서 그러는 것도 아니야. 유머라고는 눈곱만큼도 없다니까."

"우리 남편은 혼자서만 놀러 다녀. 접대 골프 친다고 후다닥 나가 버리면 나 혼자서 시댁 식구 병문안 가거나 집안 경조사 억지로 떠맡아 하는 거지 뭐⋯⋯."

"어휴, 이것 참. 악남에 대해서도 얘기해 봐야겠습니다. 그래야

공평하죠."

　아저씨는 모두에게 맥주를 따라 주며 달랬다. 개나리, 조팝나무, 미모사 꽃까지 피기 시작한 초봄의 밤기운이 화를 내는 사람들에게도 포근하게 느껴졌다.

○

초봄,
기타큐슈

하카타와 오구라에 다녀왔다.

　최근 출간한 작품의 강연과 사인회 때문이다.

　아무래도 뭐랄까, 규슈는 내 성향과 맞는 곳이다. 같은 서일본 문화권이라서 그런지 규슈에 가면 내 몸의 활기가 느껴진다.

　오사카에서 태어났지만 내가 나설 곳은 사실 규슈일지도 모르 겠다.

　그러고 보니 사토 아이코 씨도 그 옛날 규슈 강연을 하고 오셔 서 "기분이 좋았다"고 말씀하셨던 게 기억난다. 청중의 반응이 참 씩씩했다고 했다. 마음이 맞으면 박수 소리가 매우 커지고 "맞아, 맞아!" 하는 소리가 웅성웅성 들린다는 것이다. 내 강연 때는 들리지 않았지만, 박수가 터져 나와서 체면을 차렸다.

오구라에서는 출판 기념회가 있었는데 여성 독자 참석률이 높았고 반응이 매우 좋아서 기분 좋은 하룻밤을 보냈다. 보통 밖에 잘 나가지 않는데, 아아, 이렇게 활기찬 밤이라니 '역시 여기저기 나가 보기를 잘했다' 싶은 마음이 들었다. 즐거운 이틀 밤이었다.

나는 강연이나 텔레비전 출연을 하지 않는다.

텔레비전에 나오면 관심이나 친근감은 얻지 못하고 그저 얼굴만 알려진다.

그렇게 되면 꽤 당혹스럽다.

내 책을 읽어 주시는 분은 분명 어떤 방식으로든 나에게 (친근감까지는 아니더라도) 관심이 있을 것이다. 그것이 위화감이라도 좋다. 나는 그렇게 독자와의 유대가 있는 자리가 좋다. 이렇게 작가가 독자를 선택하는 방식도 좋지 않을까.

그래서 책으로만 관계를 맺자. 그런 삶을 살자고 생각해 왔다.

하지만 하카타와 오구라에서 열혈 독자들을 만나고 났더니 생각이 바뀌어 여러 지방 사람들과도 만나고 싶다는 생각이 들었다. 여러 생각을 하게 한 여행이었다. 뭐니 뭐니 해도 책을 읽고 그 인연으로 나를 만나러 오시거나 의견을 들려주시는 분들이 가장 든든하다. 설령 전면적으로 내 의견과 반대 입장에 계신 분이라도 어떤 종류의 연대감은 있다.

하지만 텔레비전을 통해 만난 사람이라면, 그중에 책을 전혀 읽지 않으신 분도 있고 부정적인 의견을 들어도 공통 언어가 없어서 난감할 때가 많다.

최근에는 신문도 그렇다는 걸 깨달았다. 신문도 텔레비전과 똑같아졌다.

정작 책은 읽지 않고 신문에 실린 서평이나 책 소개나 내 에세이만 읽고 이러쿵저러쿵 비판하는 의견이 들어온다. 나처럼 옛날 관습을 고수하는 입장에서 봤을 때, 책을 안 읽고 비판만 하는 사람은 그저 무서울 뿐이다.

규슈 북쪽은 벚꽃이 이제 막 피기 시작했다.

하카타의 니시 공원과 오호리 공원 모두 꽃이 활짝 피지 않았다.

오구라도 추워서 꽃봉오리가 딱딱했다.

하늘은 맑기도 흐리기도 했다. 초봄의 날씨는 단정하기 어렵다. 다만 오구라에 맛있는 초밥집이 있어서 우리 일행을 즐겁게 해 주었다. 우리 일고여덟 명이 들어가면 꽉 찰 정도의 초밥집이었는데, 오사카에서 보기 드문 맛있는 초밥집이었다.(이름을 밝히면 바로 사람이 많아질 테니 하지 않겠다.)

갯가재 머리를 여기에서 처음 봤다. 오사카나 도쿄에서는 갯가재를 먹을 때 보통 머리를 떼고 먹는다. 그런데 여기에서는 머리가 달린 채로 나온다. 얼마나 신선한지 알아 달라는 의미일 것이다. 갯가재는 정면에서 보면 해달과 비슷한 것이 꽤 귀염성 있는 표정이다.

오구라에서 초밥을 먹고 쇼핑을 하고(지방 도시에서 쇼핑하는 즐거움이란 게 있다. 새것을 예상보다 저렴하게 살 수도 있다. 이번에 오구라에서 구두를 샀다) 느긋하게 거리를 걸었다. 오구라는 빌딩이 제법 많아져서 분위기가 변해 있었다.

하카타는 원래 멋쟁이들의 고장이다. 덴진이나 지카가이를 걸으며 대부분 쇼핑에 몰두했다. 오사카에 정차하지 않고 도쿄와 직결되는 도시라서 새로운 물건도 많다. 나는 하카타에 오면 꼭 열심히 쇼핑한다.

밤이 오면 물론 음식점을 헤맨다. 일식이든 양식이든 중식이든 하카타에는 없는 게 없고 뭐든지 다 맛있다.

초봄비가 보슬보슬 내렸지만 전혀 신경 쓸 필요가 없었다. 하카타는 비까지 그리운 곳이다. 비에 젖은 날이 더 좋다. 호텔도 친절해서 비에 젖어 돌아가면 "어머나" 걱정하며 뛰어나오신다. 마사지를 부탁드리면 신경 써서 더욱 잘해 주신다.

하카타에서는 여간해서 강연 같은 걸 하지 않기 때문에(어디서든 안 하지만) 하는 김에 텔레비전, 라디오, 신문 인터뷰도 했다. 인터뷰어가 여성이었는데, 모두 꽤나 멋있는 분들이었다. 그 점에 대해서도 감탄했다. 미인에 빠릿빠릿했고 질문은 핵심을 찔렀다. 생기 있는 데다가 심지어 여성스럽고 친절하기까지 해서 기분을 좋게 해 주었다. 일본에도 멋진 여자가 많아졌구나 싶어서 기뻤다.

듣자 하니, 그 여성들이 좋은 아내이자 좋은 엄마라고 하던데, 그 점 또한 나를 기분 좋게 했다. 극히 자연스럽고 온화하며 '다정한 마음과 강인한 힘'을 가졌다.

요컨대, 여자 모모타로* 같았다. 자기 일을 잘해 내는 여자가 늘어나고 있는 것 같아 기뻤다. 하여간 여자는 무리를 하면 안 된다. 그렇다고 해서 무언가 얻으려면 무언가 내려놓으라고 힘든 선택을 강요당해서도 안 된다. 자연스럽게 즐거운 인생을 살았으면 좋겠다. 그러길 바라며 여행한 며칠이었는데, 그런 여자가 부쩍 늘고 있다는 것을 알게 되어 뿌듯했다.

* 일본의 전설 속 영웅.

○

아저씨와 아줌마의
차이

요즘 "우리 집 마나님이 무슨 생각을 하는지 모르겠어요"라는 중
장년 남성들의 한탄을 자주 듣는다. 그런가 하면 아줌마들은 "남
편과의 의견 차이가 점점 심해져요"라면서 걱정한다.

　말하자면 아저씨와 아줌마의 차이는 이렇다.

　아저씨는 여행을 가고 싶어 한다. 늙은 아내를 기쁘게 해 주는
데 인색하지 않은 것이다. 하지만 아줌마는 번거롭다며 싫다고 한
다. 왜일까.

　교통편과 숙소를 알아 봐야 한다. 관광지 코스부터 숙소 선정에
들이는 수고에 이르기까지 모두 아줌마가 해야 한다. 이게 여간
번거로운 게 아닌데, 그렇게 해서 겨우 숙소에 도착하면 숙소가

어떻다는 둥 요리가 어떻다는 둥 아저씨가 투덜거리기 시작한다. 심지어 여행 가방 꾸리기, 잡다한 돈 관리까지 전부 아줌마가 해야 한다. 비록 돈은 아저씨 주머니에서 나온다고 해도 "셔츠랑 바지 좀 내 줘" "다른 양말로 줘. 다 신었다고? 그럼 얼른 빨아야지" 하며 집에 있을 때와 똑같이 일을 시키는데 무엇이 즐거우랴.

해외여행을 가면 여행사가 전부 해 주니까 편하지 않느냐고 하신다면, 꼭 그렇지도 않다. 큰 트렁크에 짐 싸야지, 기념품 챙겨야지, 환율 계산 등 번거로운 일이 한가득하다. 게다가 언어를 모르니까 부부싸움을 해도 따로 다닐 수 없다. 심정적 이혼 상태라고 할 정도는 아니더라도, 여행 내내 이혼한 부부처럼 으르렁거리다가 결국 폭발 직전까지 간다고 한다.

아저씨는 아줌마를 기쁘게 해 줄 생각으로 여행을 떠올렸겠지만, 아줌마는 집에 있을 때와 마찬가지로 혹사당한다. 이럴 거면 마음 맞는 친구 몇 명이서 하는 여행이 훨씬 낫겠다고 생각한다.

아저씨는 별장을 사고 싶어 하지만, 아줌마는 별장에서 또 하녀 노릇을 해야 되나 싶어서 내키지 않는다. 그보다 리조트 호텔에 묵는 게 훨씬 낫다고 생각한다.

아저씨는 시바 료타로*를 읽고 아줌마는 와타나베 준이치**를 읽

* 일본의 소설가 겸 논픽션 작가.
** 일본의 소설가로 대표작으로는 《실락원》이 있다.

는다는 것도 내가 발견한 차이다.

다이어트를 해야겠다 싶을 때, 아저씨는 조깅이라도 할까 생각하지만, 아줌마는 아랫배 군살 제거 수술에 관한 기사를 열심히 읽는다.

담배를 끊기 시작하는 아저씨가 많은 반면에, 담배를 피우기 시작하는 아줌마가 많다는 것도 내가 관찰한 결과다.

또한 아저씨는 술을 덜 마시기 시작한다. 아줌마는 술을 마시기 시작한다.

이로 미루어 보아 아저씨, 아줌마의 차이는 인생전선의 축소에 돌입한 사람과 확대를 꾀하기 시작한 사람의 차이라고 봐도 될 것이다.

아저씨는 해야 할 일은 모두 했지만, 속세와의 끈이 아직 남아 있기 때문에(대출금 상환 등) 은둔도 할 수 없다. 건강상의 문제도 고려해 전선에서 한 발 한 발 후퇴하고 최후의 성채를 축소해 그곳에 틀어박히고 싶어 한다.

아줌마는 이제껏 남편, 자식을 위해 바쳐 온 인생을 앞으로 자신을 위해 탕진할 거라고 결심한다. 그래서 여태까지 하지 않은 것, 할 수 없었던 것을 시도하려고 한다.

유흥 주점에 간다. 술을 마신다. 담배를 피운다. 말하자면 그 옛날 메이지 세이토파靑鞜派*의 현대판이다. 인생전선을 확대하는데 정신이 팔려 있다.

아저씨는 신문의 부고란을 보고 오십대, 육십대의 죽음이 생각보다 많다는 사실에 충격 받는다.

하지만 그와 동시에 본인만은 죽지 않을 거라고 믿는다.

아저씨는 불륜을 꿈꾸지만, 혹시 그런 기회가 오면 앞뒤 안 재고 빠져들까 봐 염려하고, 그 염려 자체를 꿈꾼다.

아줌마는 혹시라도 불륜 기회가 생긴다면 일단 흥신소에 상대방의 신변 조사를 의뢰해야 한다고 생각한다. 야쿠자에게 잘못 걸려 공갈을 당하거나 미행당하는 것은 어리석은 일이라고 생각하기 때문이다. 인품과 자산까지 알아 봐야 한다고 생각한다. 아줌마는 현실적이고 감정적이라기보다 주지적主知的이다.

요즘 아저씨는 서양 의학에 의문을 품고 한방을 가까이 하려고 한다. 나아가 독서의 경향을 보면, 중국 고전의 예지를 배우려는 자세가 현저해진다. 《논어》로 배우는 경영법이나 《손자병법》으로 보는 처세술과 같은 책을 열심히 읽는다. 중국에 점점 경도된다.

아줌마는 유럽 문명에 점점 사숙私淑한다. 《베르사유의 장미》가 유행하여 프랑스 혁명사에 빠지고, 유럽의 명품을 좋아하게 되며, 다이애나 왕세자비의 일본 방문을 계기로 영국을 좋아하게 된다.

* 1910년대에 결성된 여류 문학가의 일파다. 잡지 《세이토》를 통해 봉건도덕에 도전하고 여성 해방을 주장했다.

아줌마는 명품 옷을 입고 한층 여성스러워졌다고 뿌듯해 하지만, 아저씨가 보기에 아줌마는 뭘 입어도 마찬가지로 보인다.

아저씨는 왕실, 황실 뉴스에는 관심이 없다. 하지만 랜디 배스가 어쨌다더라, 가케후 마사유키*가 어쨌다더라, 오카다 아키노부**가 어쨌다더라는 소식이 들리면 언제든 눈과 귀를 바로 뉴스로 가져 다 댄다.

아줌마는 배스나 오카다에게 무관심하다. 하지만 황실의 둘째 도련님이 수염을 기르셨다든가 첫째 도련님의 아내 세자비에 대 한 이야기가 나오면 눈과 귀를 그 뉴스에 고정시킨다. 다이애나 비에 관한 뉴스가 나올 때도 모든 것을 내팽개치고 텔레비전 앞으 로 달려간다…….

"아저씨, 왜 이렇게 다른 걸까요?"

나는 가모카 아저씨에게 물었다.

"본능이겠지요."

아저씨는 진지하게 말했다.

본능이라고 하시면 별수 없다. 뭐, 차이를 열거해 본다 해도 별 수 없는 건 마찬가지겠지만.

* 일본의 전 프로야구 선수이자 야구 감독, 야구 해설가.
** 일본의 전 프로야구 선수이자 야구 감독.

○

타고난
인생

최근에 읽고 감동한 책은 잡지 《신초45》(87년 6월 호)에 실린 이시
도 도시로* 씨의 글 〈여삼추의 마음으로 기다리는 '가부토초 대폭
락'〉이다.

이 잡지에 이시도 씨와 오사베 히데오** 씨 두 분이 강경하고 따
끔한 글을 실었는데, (이번 호뿐만 아니라) 묵직하니 꽤 읽을 만하
다. 특히 이시도 씨가 쓴 오른쪽 성향의 글은 통쾌하고 지금껏 느
끼고 있었던 명확하지 않은 생각을 한마디로 갈파하셔서 막혔던
곳이 뻥 뚫린 기분이었다.

* 일본의 각본가 겸 평론가.
** 일본의 소설가 겸 평론가.

그는 말한다. 머니게임이 유행하는 이유는 "일본인이 착실하게 무언가를 만들고자 했던 자세를 상실하고 있기 때문"이라고. "지금의 이 혼란스러운 상황이 하루라도 길게 지속된다면 그만큼 일본인의 마음은 황폐해질 것"이라고.

"열심히 땀 흘리며 만든 물건을 팔아서 번 돈, 이것이 기부의 유일무이한 규정"이라고도 하셨다.

도요타 상사*의 나가노 회장은 "세상에서 가장 어리석은 사람은 물건을 만들어서 돈을 벌려고 하는 사람"이라는 명문을 남기셨지만, 이에 대해 이시도 씨는 "실로 하늘 무서운지 모르는 불손한 발언"이라고 일침을 가했다. 이 입장에 완전히 공감한다.

나는 재테크에 관심도 없고 절세에 관한 지식도 어둡기 때문에 돈벌이나 주식과는 전혀 인연이 없다.

인연은 없지만 인간의 취향은 제각각이니까 할 사람은 하면 된다고 생각했다. 또한 여자들이 주식에 손을 뻗기 시작하는 것을 보면서도, 주식을 하면 사회 움직임에 예민해질 테니 자칫 경제 지식이 부족하기 쉬운 여성들한테 좋은 공부가 되지 않을까. 막연하게 그런 생각을 했었다.

머지않아 여성지에 돈 불리는 법 같은 실례와 표가 들어간 기

* 1985년 고령자를 대상으로 금괴를 이용한 사기 사건을 벌인 기업이다. 피해자에게 금을 강매하고 금 대신 주식을 나눠 주는 수법을 썼다. 당시 피해액이 엄청나 큰 파란을 일으켰다.

사가 실리기 시작했다. 이 또한 처음에는 금리 등을 비교해 비상금을 늘리는 귀여운 수준이었지만, 얼마 되지 않아 문화 강좌에서 재테크를 다룬다는 소식이 들리고 부인들이 우르르 몰려들기 시작했다. 모두가 우왕좌왕하는 사이에 내 지인 주부들도 남들 못지않게 증권사를 드나들게 되었다.

운전하는 동안에도 주식 뉴스를 듣고 '올랐다!'는 걸 확인하면, 회심의 미소가 아니라 회심의 군침이 떨어진다고 한다. 한번 돈을 벌면 더욱 벌고 싶은 것이 사람 마음이니 사람이 모이면 돈 버는 정보만 교환한다.

이 기회에 고백하자면, 그녀들이 돈을 벌었다는 풍문을 듣고 나 역시 일말의, 혹은 일순간의 관심이 일었다.

(이시도 씨의 당당하고도 남자답고도 고매한 정론에 감명하고 공명하면서, 한편으로 모순된 마음을 품은 나라는 인간은 어쩌면 이리도 천박한가.)

그러나 주식에 마음을 빼앗기고 있는 주부들이 어쩐지 조금씩 시시해졌다. 돈벌이가 이 세상 최대 관심사라는 사람 같다. 그에 관한 지식에만 주의를 기울인다.

남자들도 마찬가지겠지만, 남자는 아직 돈 쓸 수 있는 길이 여러 갈래다. 도박으로 탕진하기도 하고 경마, 경륜, 경정, 술과 여자에 빠지고 타인에게 한턱내면서 돈을 낭비한다. 돈도 벌고 싶지만 쓰고 싶은 마음도 있는 것이다.

도요타 상사의 나가노처럼 돈 모으는 것이 유일한 취미라고 하는 멍청이도 개중에 있지만, 대체로 남자는 돈을 쓴다.

하지만 여자는 쓰지 않는다.

주식으로 돈을 벌어서 모피를 사는 여자도 없지는 않지만, 술이나 도박 따위 전혀 하지 않고, 오로지 '얼마를 벌었는가'가 유일한 삶의 보람인 여자도 많다. 뭐, 주식 자체가 도박일 수는 있지만 술이나 남자에게 돈을 쓰지 않는 여자는 시시하다.

시시한 여자가 돈벌이에 광분하면 더욱 시시해진다.

그녀들은 어느새 재테크에 무관심한 나와 말을 섞으려 하지 않는다. 나 또한 입만 열면 어느 회사 주식이 어떻다더라 같은 이야기에 맞장구칠 기분도 사라지고, 돈벌이에 관한 관심도 사라졌다. 애초에 그 방향에 재능도 없지만.

그런데 그녀들 중 특히 한 사람, 부유한 남편을 두고 어느 하나 불편할 것 없이 생활하는 부인이 있었는데, 이 사람은 꽤 일찍 주식에 손을 뻗었다. 말 그대로 고참 격으로 아주 왕성하게 해 왔던 모양이다. 하지만 주식을 연구하는 만큼 제 건강을 돌보지 않았는지, 병에 걸려 자리에 누운 지 얼마 되지 않아 돌아가셨다.

장례식에 늘어선 화환을 보니 남편 회사 관계자를 빼면 전부 증권회사에서 온 것이었다.

"하, 정말. 황량불모라는 느낌이었어요."

나는 가모카 아저씨에게 말한다.

"뭐, 그것도 나쁘지 않습니다. 본인은 '할 수 있는 건 모두 한 인생'이라 여기며 돌아가셨지 않습니까. 돈벌이도 놀이 중 하나니까요."

아저씨는 주식을 좋아했던 부인을 변호했다. 아저씨는 머니게임 안 하세요?

"소생은 사는 것만으로도 벅차서 그 외 재능은 시원찮습니다. '다능은 군자의 수치'라고 하신 옛 성현도 계시지 않습니까. 그렇게 여러 군데에 다리를 걸치지 않는 편이 나아요. 소생은 오로지 술 마시고 사계절의 풍아를 즐긴다는 사명이 있습니다. 다른 일은 할 수 없어요."

나는 마지막으로 묻고 싶은 게 한 가지 생겼다.

"음, 이건 주식 이야기는 아닌데요, 절세를 하려면 작가도 주식회사를 차려야 한다고, 탤런트도 사무실을 차리면 세금이 저렴해진다고 하던데, 한번 알아 봐야 할까요?"

"쓸데없는 짓 하지 마세요. 그런 건 타고난 사람이나 하는 겁니다. 오세이 상은 그럴 만한 덕이 없어요. 모든 건 타고나는 거예요. 주식을 하고 돈을 버는 사람도 다 타고난 거예요. 돈벌이에 혹해서 순간 마음이 동하지만, 끝내 그러지 못하는 사람도 타고나는 겁니다. 세금이 줄었다고 기뻐해도 하느님의 수지타산은 매우 즉

각적이라서 어딘가에서 무언가 더 지불하게 돼 있습니다. 그것 또한 타고나는 거고요. 괜한 생각 하지 마시고 재밌는 일만 생각하며 즐겁게 술 드세요. 그렇게 타고난 인생이 최고입니다."

되는 대로 사는 인생의 묘미

시마자키 교코

르포 작가

다나베 씨의 책을 읽으면 그것이 꿈을 꾸는 듯한 연애소설이라 할지라도, 반골 정신으로 일관된 평전이라 할지라도, 경묘하고 소탈한 에세이라고 할지라도, 한 치의 양보도 없는 대담이라 할지라도 몇 페이지에 한 번은 사전을 펼쳐야 한다. 이 에세이집에서도 '오호~' 하는 감탄과 함께 머리를 숙이게 되었다. 방순하고 풍양한 인생이 내게로 바싹 다가오는 듯하다.

최근에 나는 함께 운동을 다니는 친구 모 씨를 만나는 것이 두려웠다. 누구보다 열정적으로 일하는 줄 알았던 그녀가 어느 날부터인가 연애도 일도 잘 안 풀린다며 눈물을 글썽이고 하소연을 해오기 시작했기 때문이다. 짐에서 그녀를 만나면 사우나에 들어가서, 욕탕에 들어가서, 휴게실에서 포카리스웨트를 마시면서, 때때로 근처 레스토랑에 끌려가서, 혹은 혼자 술을 마시면 앞에 앉아서 그녀가 늘어놓는 고민을 들어 줘야 하는 처지가 됐다.

"저는 정말 사람 보는 눈이 없나 봐요. 어떻게 사람이 거짓말을 해요? 믿을 수가 없어요."

"하, ○○ 씨는 거짓말한 적 없어?"

"저는 없어요."

"그 말이 거짓말 아닌가."

"아니에요. 저는 정말 없어요. 어떻게 하면 거짓말을 할 수 있어요? 인간이 거짓말을 하나요?"

"……당연하지. 안 하는 사람이 어딨어. 있다면 그게 더 이상한 거야."

"아…… 정말이요?"

이런 대화를 뫼비우스의 띠처럼 반복하다 보면, 욕조에서는 현기증이 나고 휴게실에서는 모처럼 따뜻해진 몸이 도로 차가워져 다시 사우나에 들어가고 싶어진다. 배고파. 빨리 집에 가고 싶다. 점점 마음이 초조해지고 "밥 먹으러 가실래요?"라는 권유를 받아도 '제발 좀 봐주라' 싶은 마음이 든다. 스트레스를 풀기 위해 다니는 짐에서 스트레스를 쌓고 있는 것 아닌가 싶지만, 그렇다고 해서 고지식하게 힘들어 하고 있는 여자 후배를 저버릴 수는 없어서 참 힘들었다. 그러던 어느 날이었다.

"제가 세상 물정을 너무 몰랐어요. 지금껏 실상을 똑바로 보지 못했던 것 같아요. 그래서 앞으로는 자신을 돌아보면서 뭐가 잘못된 건지 구명해 볼 생각이에요."

"실상 따위 똑바로 볼 필요 없어. 자신을 돌아볼 필요도 구명할 필요도 없다고 생각해. 언젠가 때가 되면 보일 거야."

"아니요. 지금 똑바로 보지 않으면 성장할 수 없을 거예요. 또 똑같은 일을 반복하게 될 거고요. 이번만은 현실을 제대로 파악할 거예요!"

음, 현실이라 이거지. 그녀는 분명 몇 번이나 같은 실수를 반복하고 있었고, 언제나 뭔가 답을 얻으려고 발버둥 쳤다. 하지만 진실이 어떻고 성장이 어떻고 참으로 성가시다. 이 끝없는 뫼비우스의 띠를 잘라 버리고 싶어. 아니, 그것보다도 하소연 대상이라는 이 고역에서 어떻게든 빨리 해방되고 싶어. 그 순간 다급해진 내 머릿속에 하늘의 계시가 내렸다.

"○○ 씨, 머리 아프게 고민해도 별수 없을 거야. 아무리 다른 사람 얘기 들어도 해결되지 않을 거야. ○○ 씨에게 지금 필요한 건 다나베 세이코를 읽는 거야."

"네? 다나베 세이코요? 이름은 알지만 읽어 본 적 없어요. 뭘 읽으면 될까요? 가르쳐 주세요. 찾아서 꼭 읽어 볼게요!"

다나베 세이코를 모르고 자란다는 게 이런 것인가. 나는 그녀의 불행에 은밀하게 탄식했다.

다나베 세이코 붐의 첫 번째 물결이 1970년대, 그러니까 여성 해방을 주장한 우먼리브가 일본에 상륙한 시기에 일어난 건 물론 우연이 아니다. 다나베 씨는 '적령기'가 지난 여자가 결혼 늦게 한 여자, 노처녀, 올드미스라는 멸칭으로 불릴 때, 그녀들에게 '하이미스'라는 새로운 이름을 부여했다. 그녀들의 밝고 건강한 삶을 생생한 소설에 담아내 처음으로 여성 독자를 얻었다. 그 소설에는 '여자도 자유롭게 살아도 돼'라는 메시지가 담겨 있었다. 그 후에도 깊이 공감하며 육아, 부모 간병에 분주한 중년을 그렸고, 독자층을 넓혀 갔다.

특별하지 않은 보통 사람들의 생활을 위에서 내려다보는 것이 아니라 같은 눈높이에서 파악하기로 다나베 씨를 능가하는 사람은 없다.

재능의 양과 비례하듯 다작하는 다나베 씨 덕분에 그런 작품을 마치 샤워하듯이 즐길 수 있었던 건 정말이지 행복이었다. 직업을 가지는 것. 자신이 번 돈으로 맛있는 것을 먹고 꾸미고 일상생활을 즐기는 것. 사람을 좋아하는 것. 여자 친구들과의 유대. 술 마시는 법. 수다 떠는 방식. 분노와 슬픔에서 탈출하는 법. 타인을 기쁘게 하는 법. 배려. 자기보다 작은 사람에 대한 자애. 자신에 대한 위로. 다카라즈카. 그 외 무궁무진하다. 일본 여성들은 몇 세대에 걸쳐서 다나베 씨에게 돌봄을 받으며 인생을 배워 온 것이다.

나의 '다나베 세이코 혈중 농도'는 매우 높은데, 다나베 씨의 가르침 중에서 가장 고마운 것은 역시나 '그럴 수 있겠다'는 시점이다. 일흔둘의 다나베 씨를 취재했을 때 이런 이야기를 듣고 매우 놀란 기억이 있다.

"남자든 인생이든 가소성可塑性이 있는 것이 좋아요. 인생이란 철사 공예와 같아서 어떤 모양으로도 바꿀 수 있거든. 신조 따위 입으로만 지켜도 돼요. 죽을 때까지 가지고 있을 필요 없어."

나는 그 순간 '가소성'이란 단어의 유효한 사용법을 깨쳤다. 또한 '신조 따위 입으로만 지켜도 된다'는 말은 진심 중의 진심이라 할 만했다. 급진적이랄까, 아나키스트적이랄까. 참으로 과격해서 '캬, 이 사람은 역시 보통이 아니야' 하며 마음속 깊이 감동했다. 한번 '이런 사람이고 싶다' 생각하면 꼭 그렇게 되기 위해 외길을 가는 게 옳다고 막연히 생각했고, 그 덕에 도량이 좁아진 나 자신을 돌아보며 부끄럽다고도 생각했다. 하지만 되는 대로 사는 인생의 묘미를 알게 되면서 아주 조금 시야가 넓어지는 듯했다.

다나베 씨의 에세이는 '그럴 수 있겠다'라는 가소성 사고의 결정체가 아닐까. 다나베 씨는《인형의 집》에 나오는 남편을 동정하고, "본심을 말한 사람이야 기분이 좋으시겠지만, 주변 사람들이 못 견딥니다"라고 내지르고, 젊었을 때 "일제 분쇄! 가족 제국주의 타도!"를 외쳤던 아저씨가 나이가 들어 가족과의 삶을 소중히 여기는 모습을 흐뭇하면서도 재미있게 바라보신다. 그런 날카로운 통찰력과 사람에 대한 자비를 바탕으로 한 다나베 씨의 '사상'과 맞닿으면, 스르륵 어깨 힘이 빠지고 체내의 킬러 세포가 바들바들 활성화되는 것이 느껴진다. 그와 동시에 원자력의 공포에 대해 호소하는 다나베 씨의 정직한 정의에는 나 또한 주먹을 쳐들고 싶어진다.

다나베 씨는 '가모카 시리즈'에 관해 여러 매체를 통해 "픽션이다. 가모카 아저씨도 허구의 인물이다"라고 말씀하셨다. 하지만 다나베 씨의 남편이었던 가와노 스미오 씨가 '가모카 아저씨'에 짙게 투영되어 있다는 사실은 그 말투부터 많은 사람들이 인정하는 부분이다.

다나베 씨는 "남편은 넓은 의미에서 업무 파트너이기도 합니다"라고 말씀하셨다. 문학 외길 인생을 살아온 다나베 씨의 '그럴 수 있겠다' 사상은 '드디어 만난 반쪽' 가와노 씨와 매일 밤 술잔을 주고받으며 '즐겁게 사는 인생이 최고'라며 키워 온 것이리라. 또한 100세에 돌아가신 다나베 씨의 어머니 가쓰요 씨는 딸을 소설가의 길로 안내한 분인데, 가모카 시리즈를 두고 "왜 그런 것만 쓰느냐"며 화를 내셨다고 한다. 재미있다.

다나베 씨와 동시대를 살며 그녀의 생각과 작품을 마음껏 즐길 수 있는 건 행운이다. 더 젊은 세대로의 포교에 힘쓴다면, 그녀들 도 그들도 지금의 답답한 세상도 조금 더 편히 숨 쉴 수 있지 않을 까. 다나베 신자로서 진심으로 그렇게 생각한다. 일단 운동 친구 모 씨가 감화했는지 확인해 봐야겠다.

옮긴이의 말

술 한잔하듯 인생을 음미한다는 것

다나베 세이코는 우리에게 연애소설가로 알려져 있지만, 약 60년에 걸쳐 고전문학, 수필, 번역, 기행문에 이르기까지 실로 다양한 장르의 작품을 집필해 왔다. 그중에서 다나베 세이코의 철학과 통찰력이 유독 돋보이는 장르를 꼽으라고 하면, 단연 '에세이'일 것이다.

다나베 세이코는 1971년부터 1990년까지 20년 동안 일본 주간지《슈칸분슌週刊文春》에 매주 두 페이지짜리 에세이를 연재했다. '오세이 상'과 '가모카 아저씨'라는 두 인물이 정치, 사회, 성 담론 등 그 주간의 다양한 이슈를 안주 삼아 술을 마시며 설전을 벌인다는 설정의 칼럼이다. 여성 작가가 중년 남성이 주요 독자인 매체에서 남성의 전유물이던 정치, 섹스 이야기를 한다는 것이 당시에는 그리 흔한 일이 아니었다. 다나베 세이코는 이 에세이를 두고 "내 젊은 시절, 반역의 상징"이라고 고백했는데, 실제로 연재 직후 남성 평론가들로부터 혹평을 받았다는 사실로 미루어 보면 이 연재가 얼마나 센세이셔널한 사건이었는지 짐작할 수 있다. 그리고 그녀의 '반역'이 20년 동안이나 계속될 수 있었던 건 오롯이 다나베 세이코라는 작가의 역량 덕분이었다.

사회적 이슈를 다루는 에세이라고 해서 근엄하기만 한 토론은 아니다. 오세이 상과 가모카 아저씨의 대화는 핑퐁을 주고받듯이 시종일관 경쾌하다. 그리고 다양한 인물들이 두 사람의 유머러스한 만담 안팎으로 드나들면서 이야기는 더욱 풍성하게 확장된다. 수많은 말들이 오가는 난장 속에서 오세이 상은 방관하지도, 과하게 나서지도 않으면서 대화를 이끌어 간다.

작품성과 재미 둘 다 갖춘 덕분에 이 에세이는 '가모카 시리즈'라는 애칭으로 불리며 오랫동안 독자들에게 사랑받았다. 연재된 글은 총 열다섯 권의 단행본으로 출간되었고, 첫 번째 단행본만 10만 부가 넘게 팔렸다. 그렇다고 해서 이 시리즈를 한때의 영광으로 치부하기엔 이르다. 지금 사회에서도 여전히 통용되는 내용 덕분에 연재가 끝난 지 20년이 지난 2013년, '다나베 세이코 에세이 베스트 셀렉션'이라는 이름 아래 총 세 권의 시리즈로 편집되어 재출간되었다.

이 시리즈의 첫 책《여자는 허벅지》는 1971년부터 1977년까지의 에세이를 묶은 것으로, 다나베 세이코가 사십대에 집필한 분량이다.《여자는 허벅지》에서 다나베 세이코는 분별력을 갖춘 중년 여성 작가로서 남녀 간의 성 담론을 적나라하게 다루지만, 그렇다고 해서 결코 경박하게 읽히지 않는다. 사카이 준코는 이 책을 두고 "제재를 음미할 수 있는 눈과 탁월한 기술이 없다면, 이 정도로 밝고 가볍게 완성해 낼 수 없다"고 평가했는데, 그녀의 말대로《여자는 허벅지》를 통해 우리는 '야한 이야기'도 기품 있게 다루는 다나베 세이코의 저력을 제대로 만끽할 수 있다.

두 번째 책《하기 힘든 아내》는 1978년부터 1987년까지 1970년대 일본 여성운동이라는 큰 흐름 속에서 집필되었다. 그만큼 남녀차별이나 젠더 문제에 대한 작가의 완고한 자세가 이전보다 더욱 두드러진다. 그렇다고 해서 전투적이고 과격하기만 한 건 아니다. 이 책에서 그녀는 자신의 주관을 굽히지 않으면서도 상황에 따라 남성의 말에 귀 기울여 주기도 하고 살살 구슬리기도 하면서 끝내 여성의 입장을 관철시킨다. 그런 과정이 주는 묘미가 이 책을 읽는 가장 큰 즐거움일 것이다. '과격하게 나가면 오히려 대화의 여지는 줄어든다'고 여겼던 그녀의 철학이 가장 잘 드러나는 책이라고 할 수 있다.

그리고 이 시리즈의 마지막 책《주부의 휴가》는 1987년부터 1990년까지, 즉 연재 말년에 집필된 분량을 담고 있다. 이 책은 앞의 두 권에서 나타나는 남녀 문제에 대한 시선을 그대로 담고 있으면서도, 어느덧 육십대가 된 작가가 지닌 노년에 대한 철학과 인생에 대한 성찰을 드러낸다.

나이를 먹으며 자연스럽게 변하게 된 입장의 차이를 문학 작품에 빗대어 풀어낸 '역전', 치매를 소재로 나이 듦과 그에 대한 경각심을 유쾌하게 다룬 '노망나다', 노인 차별에 대한 통쾌한 일갈이 돋보이는 '한마디로' 등에서 우리는 노인에 대한 사회적 시선을 마주하게 되고, 그와 더불어 그 유쾌하지만은 않은 시선에 대한 노년 다나베 세이코의 이야기 또한 들어볼 수가 있다.

다나베 세이코는 타인과 이야기하기를 좋아하는 사람이었다. 한 대담에서 다나베 세이코는 "사람들과 술 마시며 인생사를 논하는 것만큼 재미있는 인생이 있을까"라고 말했다. 그녀는 젊든 나이가 들었든 늘 누군가의 이야기를 들었고 그것을 통해 스스로에게도 끊임없이 질문을 던지고 대답을 구했다. 기성세대로서 갖게 된 권력에 민감했고 권위보다 소박함을 추구했지만, 그러면서도 꼰대가 된 자신을 굳이 숨기려고 하지 않았다.《주부의 휴가》는 '지금의 내 나이가 가장 한창인 때'라고 여긴 그녀의 철학이 고스란히 녹아든 작품이다. 삶을 대하는 그와 같은 자세는 성별과 나이를 떠나 바람직한 어른이라면 누구나 지향할 만한 것이다. 그런 의미에서 이만하면 다나베 세이코는 '괜찮은 꼰대'가 아닐까.

2018년 새해를 맞으며

조찬희

참고 자료

〈桔梗はわが反逆の旗印─解説〉, 田辺聖子, 《田辺聖子全集９》, 集英社.
〈文学とフェミニズムの幸福な邂逅〉, 上野千鶴子·田辺聖子, 《田辺聖子全集 別券１》, 集英社.

옮긴이 조찬희

고려대학교 대학원 중일어문학과에서 일본문학을 전공했다. 졸업 후 출판사에서 일본 도
서를 한국에 소개하는 일을 했고, 현재는 일본어 전문번역가로 활동하고 있다. 옮긴 책으로
《저도 중년은 처음입니다》《어른의 맛》《여자는 허벅지》《침대의 목적》《엄마, 오늘부터 일
하러 갑니다!》《아내와 함께한 마지막 열흘》《사실은 외로워서 그랬던 거야》 등이 있다.

주부의 휴가

초판 1쇄 발행 | 2018년 1월 29일

지은이   다나베 세이코
옮긴이   조찬희
책임편집   나희영
디자인   주수현 정진혁

펴낸곳   바다출판사
발행인   김인호
주소   서울시 마포구 어울마당로5길 17 5층(서교동)
전화   322-3885(편집), 322-3575(마케팅)
팩스   322-3858
E-mail   badabooks@daum.net
홈페이지   www.badabooks.co.kr
출판등록일   1996년 5월 8일
등록번호   제10-1288호

ISBN 978-89-5561-840-2 03830